女子山海

劉崇鳳
張卉君

陪你一起看山有多高，
海有多深，
我們有多勇敢。

——獻給母親臺灣

導讀

安靜的演化

我對近幾年臺灣自然導向文學出版的看法

吳明益（國立東華大學華文系教授）

1

幾年前，一位訪問者問我，臺灣的自然書寫是否正在衰微（正確的用詞我忘記了，但大意如此）？我說我不以為這樣，臺灣的自然書寫正在演化，演化的趨勢是：科普作品會持續出現，且愈見多元，具有感性文筆的科學研究者會更願意寫作「和個人經驗有關」的自然相關著作；而文學出發的作者，會動搖「純文學」的定義，類型文學會更加蓬勃，而也會有愈來愈多喜歡文學的下一代，同時具有難以取代的自然體驗，寫出「根植於臺灣」的自然書寫。

我當時提到一些名字，這些名字有的不幸在這幾年早逝，有的還在蘊釀第一本著作，有的則已出版第一本，或幾本書，但暫時還得不到兩方的肯定——文學以及自然科學。因為每個領域都有其「固定」的「肯定辦法」，這是好的自然書寫者往往「晚熟」的原因，他們得跨過幾個領域的基本門檻。不過，我相信他們終究如看似各自獨立的星系，彼此始終以神秘的引力相互聯繫著，時機一到，星圖自然浮現。

這篇文章，我意不在推薦特定作者或作品，而是想以一個曾經是這領域專業研究者的身分，概略性地談談，這些年台灣自然導向文學幾道演化的軌跡。

在西方的自然書寫（nature writing）研究裡，一開始研究者多半認為「非虛構」是現代自然書寫的重要特質。在非虛構的書寫系譜裡，有幾種類型或者用詞，比方說科學書寫（science writing）、歷史書寫（history writing）、傳記（biography）、論述性散文（essay）、報導書寫（journalism Writing）、自傳（autobiography）、個人經驗散文（personal experience essay）、抒情性散文（lyrical Prose, lyrical writing）等等。當然，這些類型不是可以涇渭分明地分開的，自傳與他傳自然也可能是歷史書寫，歷史書寫裡不乏使用抒情散文的筆法，當然，科學書寫也可能帶著個人經驗。但無論如何，讀者始終假定這類書寫有一個隱性的規範，叫做「非虛構」，**這並非說這類書寫全無虛構或不**

能虛構，而是部分類型可以允許想像的虛構筆法去呈現（但不能虛構事實），也就是說，它們仍能以文學筆法去表現。不過，一旦讀者發現其中有經驗虛構、知識虛構、敘述虛構，它將很可能失去讀者信任，在評價上也會降低。比方像「新新聞」的寫作可以讓記者用像小說般的筆法去寫作，但材料必須（在寫作當下）是可靠的，至少有來源的。

你或許會敏銳地發現，我把這種信任感約略做了一個排序，從科學書寫到新聞書寫，幾乎都偏向具有「公共性」，因此它們如果一旦虛構，失去讀者的信任是理所當然；後幾類則較有「私人性」，它的經驗虛構與否比較難以查證，但一旦被讀者發現，也大多會失去讀者的信任，不過也不乏讀者寬容地認為，後幾類文字表現的魅力（文學性的一種），是極重要的特質，它會形成強烈的個人寫作風格。

自然書寫一開始被限定在光譜較強烈「公共性」書寫的一端討論，但因為有太多科學寫作者同時也具備敏感心靈，因此他們的筆記、文章，也會呈現抒情性；再加上有許多業餘的觀察者、探險家、自然愛好者也會試著參酌科學知識與觀察經驗寫作，他們的作品並不在追求「科學研究」這領域的評價，更強調個人經驗，自然也就更易被以文學觀點來評價。

還有部分的寫作者寫作的就是虛構文體——小說，以及以個人抒情性為根基的詩歌，這些作品，更難只以科學價值來衡量，它們的魅力也不僅在於彼，因此，便有研究者（如派翠克・墨菲 Patrick Murphy）用自然導向文學（nature-oriented literature）來稱呼這種現象（自然書寫指非虛構作品，自然導向文學則包括了虛構作品與詩）。自此，自然相關的書寫的討論，遂滿布非虛構到虛構的光譜，生態批評者甚至擴散到其他學門，讀者藉此觀察到了這類寫作多元且有魅力的演化，展示出人類與自然之間關係的思考。

我想藉幾本臺灣近年出版的書，來說說這種演化，對一個如我這樣讀者的魅力，因為是重點舉例，掛一漏萬難免。

2

在接近科學書寫的這一端，自然史作品《繪自然：博物畫裡的臺灣》（胡哲明等著），鳥類科普書籍《噢！原來如此：有趣的鳥類學》（陳湘靜、林大利），植物地理學的《通往世界的植物：臺灣高山植物的時空旅史》（游旨价），乃至於植物愛好者胖胖樹（王瑞閔）關於熱帶雨林的通俗著作。

這類作品，大概沒有人會認為其中可以含有「虛構」成分。而在評價這類著作時，相信也會以其資料是否翔實、科學研究的陳述是否周延為主，再來才是書寫者的個人眼光（包括敘述方式或情感表露）。

這幾本精彩的科普書，都讓我驚喜地發現年輕一輩學者的投入。特別值得注意的是，像《通往世界的植物》裡兩位自然繪圖家：黃瀚嶢與王錦堯，以及《噢！原來如此》的陳湘靜，都不只是傳統藝術領域的繪者，他們都出身自然研究專業。這種現象，最能說明它們的藝術性，根基在於「非虛構」與「科學性」之上的要求。

而另一批較從人文學門出發的寫作者，則偏向以個人經驗為主，擷取相關研究成果進到他們的著作裡，這類寫作有強烈的抒情性，好的作品會**謹慎使用研究資料**（而不是憑自身的好惡），他們或許沒有研究實績，但也會運用細膩的觀察能力，偶爾會帶給專業研究者啟發。

不過，這類的作品價值重點還是在於與自然互動後獨特的經驗與思考反芻，因此，文字的抒情性裡最迷人的莫過於「情緒」、「哲思」以及文字技巧烘托出的「氛圍」，再加上對自然議題的「批判」。

曾與我有短暫師生之緣的劉宸君的《我所告訴你關於那座山的一切》可為代表。宸君和同伴梁聖岳在喜瑪拉雅山南坡附近山徑失蹤四十七天的事件是國際關注的新聞，離世的宸君從我認識她時就是個重度的書寫者，她的閱讀經驗以文學為主，其它登山知識、自然知識為輔。在受困山區時她寫稿不輟，遺稿經過梁聖岳和同樣愛好寫作的朋友羅苡珊整理後出版，書中從登山經驗與渴望出發，加上絕境時的心理變化，透過宸君特殊氣質的文筆表現出來，是一部不可再復的動人絕筆。（每回提到宸君，就讓我想起一樣正要發光時早逝的廖律清。）

此外，如栗光《潛水時不要講話》和山女孩 Kit 的《山之間：寫給徒步者的情書》，也是這類調性的寫作。作者以自身的熱情從事自然活動，從許多層面獲得啟發，最概略的分述不免就是自然經驗裡最有魅力的科學知識以及美學上的陌生感——透過作者具有感染力的文字，自然會呈現出與一般文學作品相異的氛圍與魅力。

這裡還有一個重要的觀察點是，過去提到台灣的自然書寫，會提及的女性書寫者名字大約有徐如林、凌拂、阿寶、洪素麗、杜虹、張東君、蔡偉立、黃美秀……等等，但這五年內出現的女性自然書寫者，恐怕在這類作者裡比例過半，這在過去四十年來的台灣自然書寫史裡在比例上之高是罕見的。

因此，得知張卉君和劉崇鳳兩位已各自出過幾本書的作者，將合出一本名為《女子山海》的對話集時，不免覺得這書名或許可以用成標識台灣女性自然書寫者階段性形象的標題。

3

徐如林是登山、古道專家，凌拂開創的是植物書寫的路向，洪素麗以觀鳥為書寫主軸，杜虹則具有國家公園解說員的身份，阿寶是女農，張東君、蔡偉立與黃美秀則是專業研究者。這樣的多光譜面相，實則已可讓研究者繪製出一幅女性自然主義聲譜圖。這幾年的新進女性寫作者，則將這幅聲景的音域擴大中，崇鳳與卉君是值得注意的兩位。

崇鳳與卉君都是文學系所畢業，但兩人皆與傳統的文藝女青年的路向不同。崇鳳熱愛登山並成為嚮導，後曾申請壯遊後生活在都蘭，復回美濃隨家族耕作。本是文藝青年的卉君也曾在美濃參與在地團體，因緣際會來到花蓮加入黑潮文教基金會，一面學習海洋與鯨豚知識，一面投身環境運動。兩人從大學走來一路扶持，一路交換山海經驗，可以說《女子山海》的對話裡，體現了自然書寫考驗、養成，以及從文學出發作者在投入環境運動的辛苦歷程。

寫作個人經驗散文對她們來說並非難事，她們大可像一般的文藝青年寫類似的內容，然後投稿參賽。但我相信她們深入這個領域後，面對的第一個難處是自然科學在近數百年來突飛猛進，許多純感性的觀察若缺乏知識做為後盾，對多數讀者來說都只不過是一己的情思而已。那些感嘆自然風光的作品，美學力道已然遞減，難以長期打動讀者。

第二個難題是，當她們願意面對自身知識面的傾斜，而投身其他領域的知識體系後，又會發現所有的知識體系或許能解決「理解」層面的問題，卻很難處理環境議題社會化以後，在政治、經濟、社群層面上的糾結。於是另一個難關隨之而來：就算你懂得**說明**、**分析**問題所在，你願投身去解決問題嗎？

於是，這類作者從抒情性出發，卻隨著寫作愈走愈遠，終究來到「公共性」這端的光譜。他們或投身環境運動，或投身實地實踐，耗滅了一些青春，換取對實際議題的一些發聲權與能力。只不過，最終他們又會發現寫作可能被文學的評論質疑——這樣的寫作，還存在著文學性嗎？

我在觀察崇鳳和卉君的寫作，正是經歷了前兩個階段的追求與自我懷疑，現在正在第三個階段的門口徘徊。因為在黑潮工作，我與卉君較有說話的機會，曾不只一次聽她提及自己的疑惑。她不像同輩的寫作者獲得文學上聲量的肯定，但她又清楚地知道，自己這些年在環境運動、科學調查參與上的許多細節，充滿了人性與自我掙扎，那不就是文學的根源之一嗎？同樣地，原本只是熱情登山，而後返鄉耕作的崇鳳亦然。每一個實際參與生產的耕作者，都知道耕作不像棄官回鄉書寫田園那般清爽自在，耕作是體力的考驗，販售時將是耕者與巨大體系（現代產銷機制）的互動與對抗。這是在這類寫作者身上無可取代的經驗，卻也常常是傳統的文學批評者，無法從其間提舉出「文學性」的緣由——光是文學技巧，並沒辦法說明這類作品的價值。

《女子山海》正是崇鳳與卉君以往復信件形式來表現這些年來她們信仰、懷疑、轉變的剖白，對我來說，這是她們的真情寫作、身體寫作。沒有之前作品的包袱（環境運動者的身份、登山嚮導的身份……），不掉書袋，重點放在敘說自己的觀點、自己的記憶，引出自己轉變向「非文學科系式」的人生，而又深深受文學影響的生命經驗。

正如崇鳳所寫：「多慶幸我們回不去了……我們有幸看著一個海灣如何改變她的面貌，我們學會面對欲望」，又如卉君和崇鳳共同認識的，那個有著傳奇浪漫身影的阿古所說的：「起手不回隨風去。」她們有時寫著自己的經歷，有時寫出對對方的想像，寫到面對自然時的寬闊、陰暗、死亡與救贖，偶爾觸及到生而為人與其他生物的差異，以及投入人世時對教育與改變他人觀念的思考。她們的作品都還提到「組織」。組織如何吸引、消磨熱情，卻也打磨她們的思考與行動。組織不是必要之「惡」，而是必要之「痛」。組織讓她們打消念頭，也促成行動。

這正是我要說的，卉君和崇鳳作品裡的價值。她們兩位或許在三十年前，都會發育成臺灣女性散文家所追求的：談論成長經驗（如《擊壤歌》）、以詩詞文學做為抒情的聯想（如簡媜早期作品），或是追求某種優雅文化的美學（如林文月的作品）。但她們同樣以女性觀點出發，面對的卻是野地與野性，時而多感傷情，時而天真爛漫，時而包容孕育，時而帶出她們以性別出發的批判性。同樣這裡頭的文學思考，體質卻已大不相同。

崇鳳談到雌性之美，香與髒的辨證（傳統我們總把前者歸給女性，後者歸於男性）、一般人對山間嚮導的刻板性別形象。卉君則以自身投入環境運動，時常被以性別的角度特殊看待的經驗，思考自己脫下「公鹿角」的過程。她們意在訴說，一個少女、女人、情人、妻子、媳婦，同時也是一個嚮導、農務者、NGO團體的執行長時，看待事物的方式有何特殊之處，而又是如何演化出她們此刻的視野。

對我來說，這就是《女子山海》的魅力。

4

而徐振輔的《馴羊記》，則是非常具有野心的寫作。

多年前我在振輔還是高中生的時候見過他，那時他已顯露文字天賦。我心底暗暗相信，以他的天賦，很快就能在台灣現行的一些單篇文學獎獲獎，走上他期待的文學之路。當時他問我，對於未來就讀科系的選擇，我當然不敢踰越自己的身份給予任何自以為是的建議，但我提到，如果是我再一次選擇的話，我應該不會再選擇文學系所就讀。因為以我個人年輕時對文學與藝術的熱情，那些師長們後來帶我讀的作品，即使我不讀文學科系，亦都會在自己主動閱讀的範圍之內。至於文學批評理論或相關哲學對我來說也從未造成閱讀困難，我相信振輔亦然。

振輔後來就讀了昆蟲系，那正是一個從閱讀領域、研究方法，以及周遭群體都不同於文學系所的地方。

漸漸地，我聽聞振輔獲得一些獎項的消息，也在專欄裡讀到他的文字。那些他遠赴異地的生態紀錄，除了一再證明他的文字天賦外，也顯露出驚人的消化能力。他把他喜愛的國外自然書寫者、科普作品成功地消化在自己的寫作裡，而且不妨礙他散文的文學質素。我幾乎可以看到他若出版一本散文式的自然書寫，將會引發的讚許評論了。如果要說有什麼我自以為是覺得可惜的，大概就是在科學領域裡，他似乎沒有找到自己專注的「研究題目」。這可能是他的興趣太廣了吧。

不過振輔是一個有熱情、有冒險精神；更重要的是，有野心的作者，他選擇寫作這本《馴羊記》。這本作品依他的說法，包含了抒情性散文、知識性散文，也包含了小說的形制。這形制在我的觀察裡，類似於後設筆法的虛構術。小說內容時間跨度分別是七世紀的吐蕃王朝、中國一九五〇至一九六〇的革命年代，以及一九八〇後的社會情境。而在內容上，則鑲嵌了人類學、生物學、人文地理學、社會學、宗教等等領域。

不過在我看來，這仍是一本自傳性強烈的作品。它雖然融合了大量非虛構資料，但其間的文學美學脈絡是清楚的，只要對文學有一定閱讀基礎的讀者，相信能在其間看到熟稔的班雅明、馬奎斯……。但像我這類讀者，才比較容易注意到它的美學精神，是根植於北美自然作家約翰·海恩斯（John Haines）。這對我來說，相當於一個創作者的「閱讀自傳」。

故事的主體是「我」尋雪豹的旅程，加上旅程中各種耽誤、錯過以及偶遇，帶出各個篇章，包括了一部稱為《馴羊記》的日本人宇田川慧海著作，振輔刻意把現實和虛構做了讓人更易混淆的機關。

簡單地說，《馴羊記》裡的《馴羊記》，以及〈豹子對你而言是什麼〉和〈雪雀〉是這部作品刻意暴露「虛構」文體的章節。宇田川慧海的《馴羊記》出現最重要的目的，便是在與自我經驗的非虛構部分做一個對照。對一個旅行者來說，路上經驗當然為真，但所聽聞的地方故事，包括從書中讀到的各種紀錄，都很難確定為「真」。那個「真」的認定建立在我們對書寫的信仰，對話語的信任上。但事實上，書寫與話語，也都是容易造假的工具。振輔在這裡刻意用了容易顯露「假」的虛構文體，帶著讀者去感受他聽到的那些故事，讀到的那些似假還真的資料，是一個聰明的辦法。

也可能是振輔的入藏之旅，讓他驚覺「圖博」這個詞的多層次精神，實在無法光以抒情或知識兼具的散文去表現出來。唯有運用虛構文體，把多個角度的時空與思考，不著痕跡接縫起來，才能表達他的「心意」。我想振輔的書等了這麼久，等的就是這個「結構」吧。不過，這些結構在藝術上是成功抑或失敗，還得經過讀者的認肯。

《馴羊記》的寫作，宣告了振輔的寫作並不想從自我經驗開始而已，他帶著更宏大的野心。這個宏大的野心也暴露他的寫作（或所有困難的寫作）是如何誠實面對力有未逮之處。人尋找豹子（有時為了打獵有時為了拍照有時為了紀錄）、豹子獵殺牲畜、人尋找人，人獵殺人，人馴羊，人也馴人。而唯野性如雪豹不可馴（尋）。

振輔的筆法老熟，已是一個成熟作家的樣貌，讀者進入這樣的一部作品，尋的是雪豹、故事的痕跡，以及振輔若有似無地要讀者去「尋」的一些物事——人與生物、環境的相處，和人最珍貴的那一絲覺明——唯有人（應該吧）會困陷其中的，關於生存的意義。

做為振輔寫作的同行，我不想去評價他這部作品的優劣價值，可能是因為我自己體驗過所謂的「寫作之路」。振輔的天賦讓他的寫作帶著野性，也因為天賦讓他的寫作帶著自我期許，因此想像雪豹一樣躍過絕崖。我得說這部作品讓我對振輔印象深刻，因為任何生命最有活力之時絕非「天人合一式」的譫妄與偽和諧，而是充滿野性的野心。那是種子不擇手段地散播術，是候鳥不辭千里的遷徙，是哺乳動物被家族逼走的擴張。

5

我相信未來幾年，會有幾位面貌各自不同的的寫作者會跨出不一樣的步伐（如還未出書的林怡均、羅苡珊、白欽源……），我像一位天真的自然書寫讀者，持續期待與觀察這個文類的演化與火花，這是老去的上一代唯一能做的事。演化安靜，卻從不回頭。

＊我個人為免人情世故的麻煩，一向不為自己學生以外的書寫序（為自己的學生寫，當然就是生命有交會的私心）。但數本與我有因緣的作品出版邀我寫文章時，遂想到可以用過去研究者的身份來寫一篇綜觀的論述。這篇文章可能會收入不同的書裡或媒體，不是偷懶，而是不講述完整脈絡，單一作品的區位與價值便不易體現，讀者當可諒察。

推薦序

給你一個群山環繞的擁抱

楊士毅（剪紙藝術家、導演）

如果你喜歡旅行，就用力地對自己的生命提問吧！

每當你提問，只要願意去尋找答案，必然會擁有一趟豐富的旅程。因為「尋找」是一連串移動的過程，只要移動，必然有風景。

就如同我的朋友，卉君與崇鳳。她們的旅程從不同的地方出發，但都是來自成長時，不論是課業、家庭或感情，那些你我心裡都有過的糾結、束縛與苦悶中的同一個提問：自由在哪裡？

她們本能地走進充滿自由氣息與療癒能量的大自然裡。有趣的是，在高雄港都成長的崇鳳奔向山林，在埔里山城長大的卉君卻投向海洋，她們在戲劇般地交換了彼此成長的地景去旅行，只因，不論來處是山是海，原本生長的地方總是象徵受限束縛與解不開的難題，而自由與答案好像永遠都是所處之地的另一端。

旅行，若沒有覺知其實是危險的。因為旅行太美，美到可以模糊逃避與追尋的界線，美到可以讓人忘記當時出發的原因。所幸，我們的山海總是能聽見人們心中最深的聲音，而非一時的需求。山海，用遼闊與高遠的結界，幫我們將生活裡的束縛與雜訊隔絕在外，讓我們看見外面沒有障礙，若還有心事，若還無法自由，那答案一定不在這裡，而是在心裡。

這就是我們的山海，疼愛卻不溺愛、包容卻不縱容，給予無比豐富的風景去體驗，也讓我們在一望無際的世界裡，只剩自己可以看。而我的朋友們，也從不辜負，她們面對山海，看向自已，一路與自我對話與探索——崇鳳在高山湖泊連結了成長時的海洋，卉君在海上感謝島嶼大山擁抱著家鄉的山城。這一路，山海如慈祥的長輩，包容她們在自己身上到處跑，最後又帶著這兩個離家的孩子，回到原本的地方，彷彿為了讓她們感受到山海是一體，自由是完整，旅程是個圓，最終總是要回到出發的地方。

這趟旅程，一個提問，二十年的追尋。她們走到了自己想像不到的地方，原本遠方的山海，變成她們生活與工作中最密切的對象。崇鳳，立志成為山的侍者，帶領更多人領受自然的美好；卉君，成為黑潮海洋文教基金會的執行長，期待自己能為海洋多盡一份心力，她們用各自的方式回報山海的善待。儘管現在生活依然有難題要面對，自由依然在追尋，不一樣的是，生命裡的力量，同時有山也有海，就如同她們的生命，一直有彼此。

這一本書，朋友之間，一個約定，十年書寫。她們的文字，記錄著自我追尋的過程與朋友彼此陪伴的情誼，也記錄著臺灣山海的豐富以及她們對島嶼的熱愛與感謝，讓人認識島嶼，也讓人跟著她們的自我對話，看向自己。

最後，以過去送給太太的一段文字與圖畫，祝福卉君、崇鳳，以及每個因提問而啟程的朋友：

「想給你一個群山環繞的擁抱。在那邊天池平靜你，山脈擁抱你，可以好好休息，可以帶著力量回來好好生活。更想祝福的是，有一天你哪裡都不用去，天池、山脈都在你心裡，在你那裡就有寧靜、有擁抱，而你成為每個人最想去的地方。」

《群山環繞的擁抱》，楊士毅作品。

推薦序

裂罅有光

楊采陵（地方媽媽）

「雖然這本書後來的主軸在山海，但我寫前言的時候，還是覺得那個陪伴、對話的力量其實是我們三個人。所以，豆子是否願意寫一篇推薦序呢？」

「蛤？是在哈囉嗎?!」夜半時分，我呆愣看著卉君在email裡的邀請，冒出的第一個念頭。地方媽媽翻身坐起，才剛攻克第一回合的夜奶，還有滿室狼藉的玩具和遍布的殘渣等待被殲滅……

「我不是名人也不是網紅欸，樸實無華的地方媽媽寫推薦序？誰會看啦！」

自問自答的小宇宙輪番爆炸之後，作為本書每頁篇章的首位讀者，我想起電話裡崇鳳迫不及待的熱切探詢：「楊豆子妳看完了嗎？覺得怎麼樣？」

「好～好～看～喔！」

地方媽媽總是無法在把屎把尿或鍋鏟鏗鏘的當下，給出任何擲地有聲的建議，每每只能以各種狀聲詞的吼叫抒發內心的讚嘆和感動。就像一直以來，無論妳倆幹了哪些令人髮指或愚蠢至極的勾當，腦粉如我都微笑著說：「好好啊！」

從大學時期結伴而行至東海岸，我倚門而立目送揮別，待妳倆蹺課一週灰頭土臉歸來，再雙手奉上光潔齊整的筆記；而我大喜之時，換作妳倆義無反顧撩落去，幫忙絹印包裝喜米，並理所當然擔起重任主持婚禮。在同學和室友的緣分之外，我們更像家人般緊密親近，見證彼此生命中每一朵閃耀如日的笑靨，也承接每一滴晦澀如夜的眼淚。

是的，眼淚。三年前「抛夫棄子、閨蜜專屬」的沖繩之旅——這個在我結婚生子之後，每年一度不成文的默契——因為對旅行期待的落差和彼此狀態的誤解，我們滯留在颱風過境那霸的青年旅社裡，任憑巨雷暴雨轟炸襲擊我們的心。不知過了多久，氣力耗盡、飢腸轆轆的我們決定趁雨勢稍歇之際外出覓食，但是雨傘雨衣根本不敵猛烈狂風，即便自身難保也要大笑著攙扶彼此的狼狽，殿後的我望向妳倆舉步維艱卻更堅定走著的背影，一瞬間明白沒有誰願意離棄誰。

不離不棄，如同山海、如同書寫——之於妳們。

以十年的時間應允青春的諾言，重現童年與山城海港相伴、青少年時和家人一同初識山海的記憶；歷經東海岸浪遊的成年洗禮，與在地人事物共創一則則傳奇，看盡台十一線十多年來的潮起潮落；其後妳倆皆選擇謙卑伏身自然，為海洋生態發聲、為原始山林請命，並透過環境教育和自然引導向下扎根，在每一個現場解鎖傳統的理性思維和工具訓練，陪伴每一位渴慕親山入海者練習釋放感官、相信直覺，勇於開闢另一條將山走得更深邃、將海潛得更遼闊的途徑。

地方媽媽常常得在群星靜默、小孩闔眼之後，才能亮起一盞夜燈展信閱讀，滑開螢幕的指尖，還殘存煮食晚餐後的蒜香。隨著小孩均勻和緩的鼻息，白晝裡必須繃緊照看的神經逐步鬆懈，喧騰輪轉的思緒也漸次聚攏……放任自己漂流至妳倆筆下或高遠或廣淼的未竟之地，那是什麼樣的風景？

想起前陣子的墾丁闔蜜行，生平第一次嘗試氣瓶潛水，揹上相當於半個自己體重的氣瓶，佝僂蹣跚地跨越礁岩，前往洋的更深處，下潛之際教練將我和卉君手勾手以穩定游向，氣潛多次的妳安住了我緊張害怕的心，得以空出餘裕在「呼嚕呼嚕」的吐納之間探看珊瑚斑斕、魚群悠游的神祕世界。

或許也像另一次抵達崇鳳美濃老家，在入夜的母樹林裡熄滅頭燈，周身頓時陷入一片黑暗，草木清新冷冽的氣息在空谷間流竄。我拚命睜大雙眼卻徒勞無功，盤根錯節的步道磕碰難行，陌生的環境放大了恐懼，未知的路況加深了不安……直到我將雙手搭上前方夥伴的肩膀，試圖在由崇鳳領頭的行伍中交託出踉蹌的自己，相信會被帶回熟悉的坦途。後來，我竟看見飛鼠一閃而逝的身影，聽到山羌斷續鳴叫的聲音。

雖然我們散居在島的四方，但這段暗夜閱讀的時光，我感到妳倆始終如潛入深海和夜行森林般陪伴在側，未曾稍離。所有關於成為地方媽媽之後的困頓惶惑和自我懷疑，都乘著往來拋擲且從不退怯的詰問和回應，徐緩安然地迫降。當我置身家屋之內感到幽黯難明，《女子山海》則是那道自裂罅中映射的光——其亮足以讓我觸撫妳的鹿角、梳理妳的長髮，而光裡蘊含的寬慰力量，比群山柔軟，比大海久長。

目次 contents

第三部　平行凝望

第四部　無限女子山海

那些時光機裡飄盪的信箋啊，見證生命的軌跡

張卉君、劉崇鳳

我和崇鳳在二〇〇四年夏日首度「東海岸雙俠行旅」，撒下了青春流浪的種籽；其後，善於行走的我倆或獨行或結伴地越走越大、越飛越遠。

旅行的過程中常與自己對話，在異地想起對方，總會捎一張充滿異國情調的明信片給彼此；有時的旅行則是發生在日常的生活中，各在島的一方忙碌的瞬間，某個靈光閃現之下，也常抓起手邊的紙或明信片寄給彼此——對我們而言，彼此的對話形式不僅透過語言或社群媒體，更多的是實體手寫文字。

細細重讀、撫摸每一張明信片上的字跡，那些被塗抹、修改的痕跡、匆忙狂放或娟秀工整的字體，甚至是引用的字句、叮囑的細節、問候的原因等等，都能讓我回想當下的狀態，也對映著那一刻我們之間的牽連、掛心、關係或氣氛；而寄件地址和日期則為我記錄下了多處曾長駐或短待的居所。

對我們而言，明信片是鍾愛的傳遞形式，簡潔敞亮的文字在有限的紙面上，捎來也許連郵差都閱讀過了的訊息和異地的氣味，每張跨越時空向度的明信片，都是外在／內在一去不復返的永恆風景。

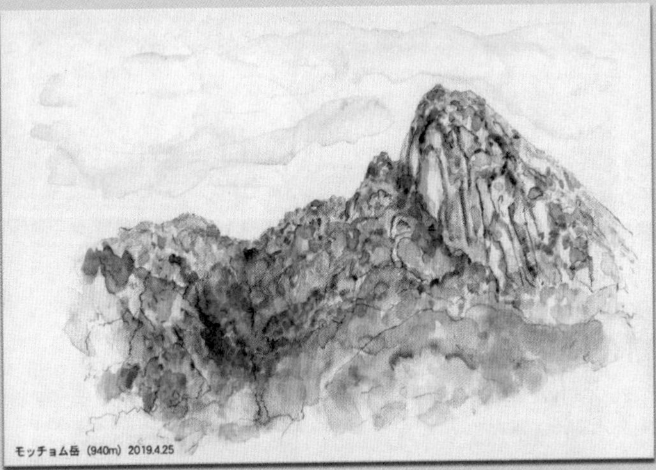

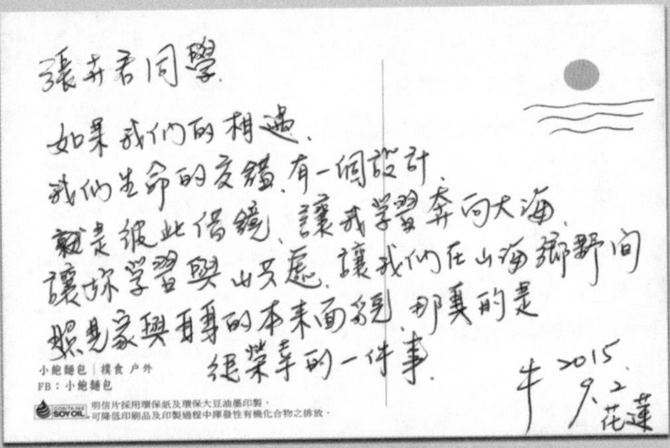

5 年前，一張再簡單不過的明信片，隨手寄出。早忘了在哪裡寫、在哪裡寄。早忘了當時為何突發而起的心緒。誰能料到當時隨心寫下的話語，會為往後的歲月印證什麼——它幾乎預言了，5 年後，《女子山海》的誕生。——劉崇鳳

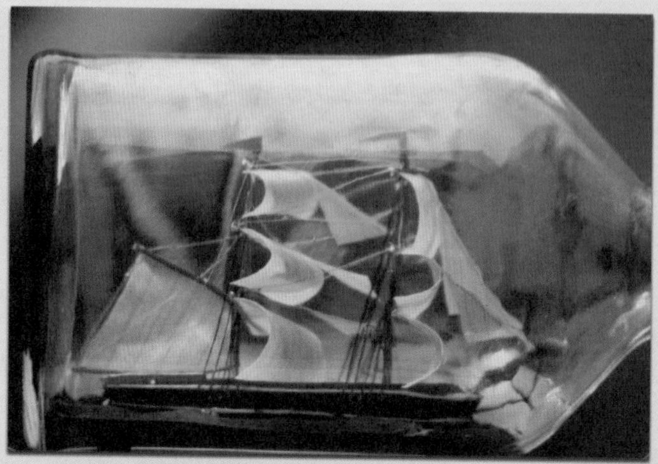

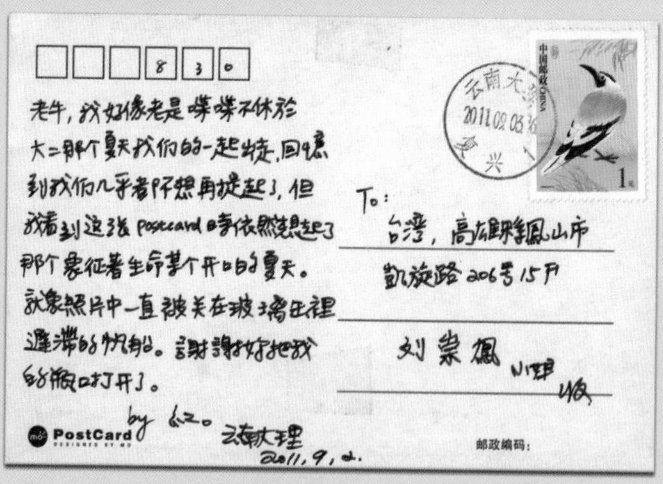

8 3 0

老牛，我好像老是喋喋不休於
大二那个夏天我们的一起燃燒，回憶
到我们几乎都不想再提起了，但
我看到這張 postcard 時依然想起了
那个象征着生命某个开口的夏天。
就像照片中一直被关在玻璃瓶裡
遲滯的帆船。謝謝妳好把我
的瓶口打开了。

by 红。云南大理
2011，9，2.

To：
台灣，高雄縣鳳山市
凱旋路206号15F
刘崇鳳 收

PostCard DESIGNED BY MO

邮政编码：

崇鳳總說，我的明信片每次寫得都匆匆忙忙的，只有一段在中國雲南旅居的時期，能好好寫字。在 NGO 的工作型態裡，我總一邊在議題戰場上廝殺，一邊又懷揣著文學系少女的寫作夢，彷彿一艘滯留在瓶中的帆船；而橫跨了十數年來沒有停止鞭叱我繼續寫下去的是崇鳳，幸運的是此刻我們終於完成了多年來一起寫作的夢想，彷彿並肩經歷了一趟華麗的航行。——張卉君

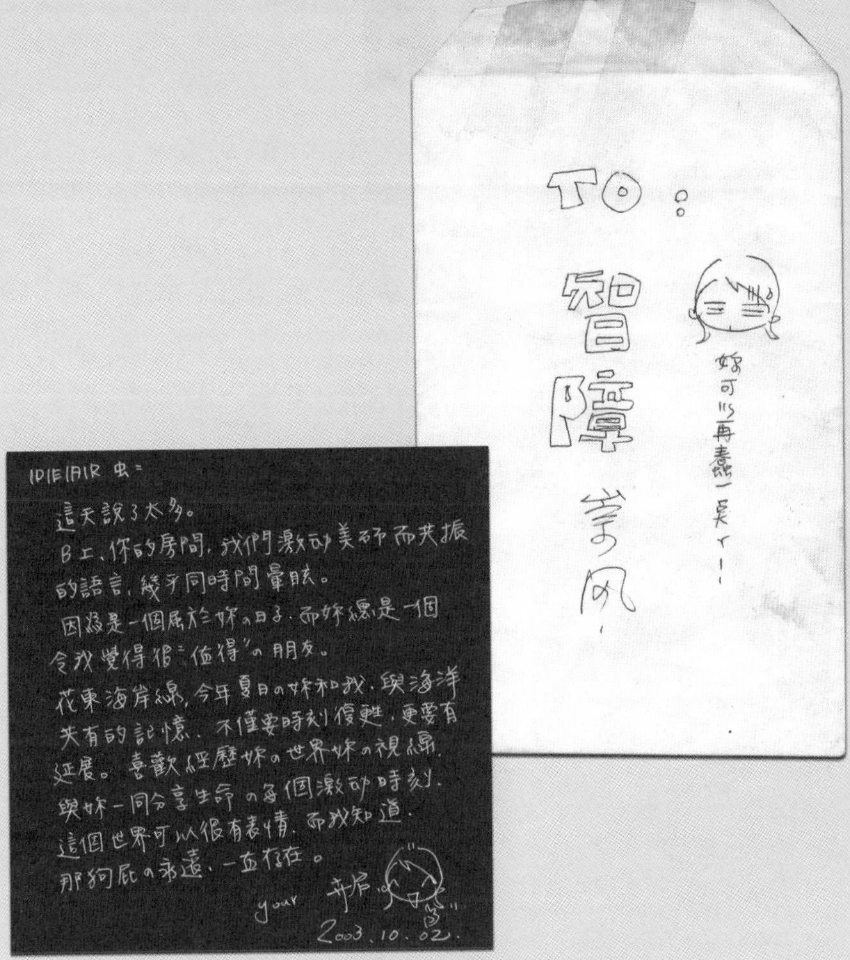

數算一下，17 年了。

那一年，我們 20 歲。妳還喜歡在信箋尾巴順手畫上可愛女孩的插圖。妳說我總不按牌理出牌，這麼久遠的東西拿出來幹麼？親愛的，那畢竟是妳第一次背包上肩的遠行，也是我們第一次並肩闖蕩這個世界。我難忘多少個年少不眠睡的凌晨我們囂張放肆窩在房間裡低低絮語到黎明，聊天聊到喉嚨長繭依舊口沫橫飛。—— 劉崇鳳

張紅紅.
非常常、非常久沒有寫卡片給妳了。我以為
這2張會是我的私家珍藏，竟然可以在這時
候翻出來.
我們也是很久沒一起旅行了。都在台灣
咆哮靠北，結婚這件事，讓我溫習了一遍
我們的年輕.
儘管是很久、很久了，十多年來的事情一幕
幕彷彿都在眼前，實在也是一直太熟，我從
不覺得十年很長。有時候我會想，上輩子我們到
底是什麼關係。謝謝結婚的時候妳還在我
身邊。朋友說，要先安頓好少女的自己，
婚才會結得好。這件事很難，但妳
們會讓我覺得容易些.
老寶說，
我很期待
未來、有你
們一同伴
隨老去.
老牛 2014.1.17

崇鳳在 2014 年結婚了。

婚禮上她邀我上臺將捧花和祝福直接交在我手上，沒有心理準備的我感動得淚流滿面。作為長年觀照彼此生命軌跡的閨蜜，最了解身為女子走入婚姻前心中的種種掙扎與困惑。我們從彼此的青春見證起，每一次飛行都充滿未知，卻因為有對方的陪伴而無所畏懼。婚前崇鳳寫的卡片像是在向過往的青春致敬，也留下了我倆在金樽安檢所前笑得自由坦然的永恆一瞬──永遠年輕，不畏老去。── 張卉君

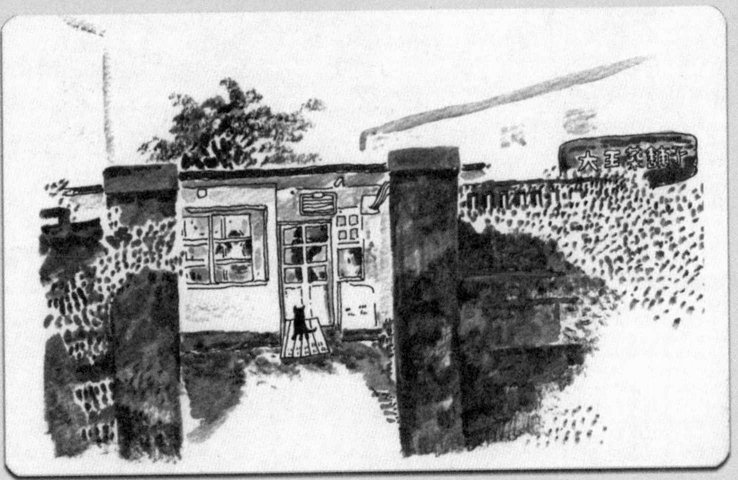

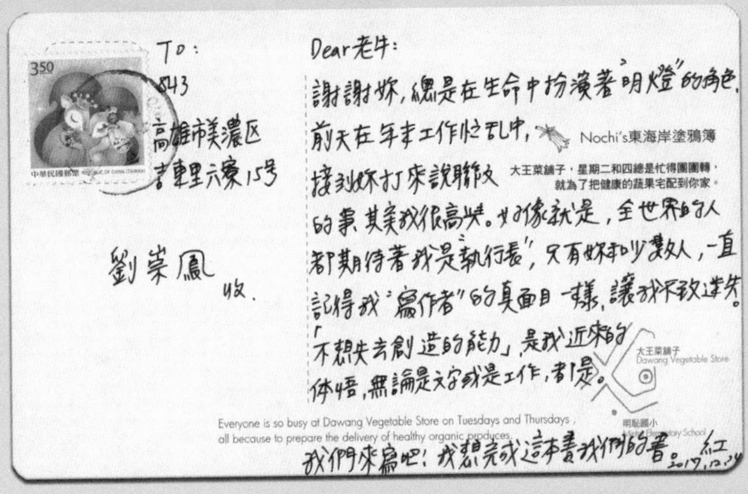
To:
843
高雄市美濃区
吉東里六寮15号

劉崇鳳 收.

Dear老牛:
謝謝妳,總是在生命中扮演著"明燈"的角色.
前天在年末工作忙亂中,
接到妳打來說聯繫
的事,其實我很高興。好像就是,全世界的人
都期待著我是"執行長",只有妳和少數人,一直
記得我"寫作者"的真面目一樣,讓我不致迷失。
「不想失去創造的能力」,是我近來的
体悟,無論是文字或是工作,都是。
我們來寫吧!我想完成這本書我們的書。紅 2017.12.24

那天離開出版社,冬日臺北街頭的風很大,我打電話給妳,想著無論如何也要打斷妳的工作聊聊。

我從未懷疑妳書寫創作的動能,那是妳深埋底心最重要的祕密。因為太重要了,執行長如妳習慣把自己的夢想放在最後面。妳伏案埋首,日理萬機,為海洋教育環境保育或動物圈養議題奔忙,而我能做的便是一通電話:「一起寫好不好?」——劉崇鳳

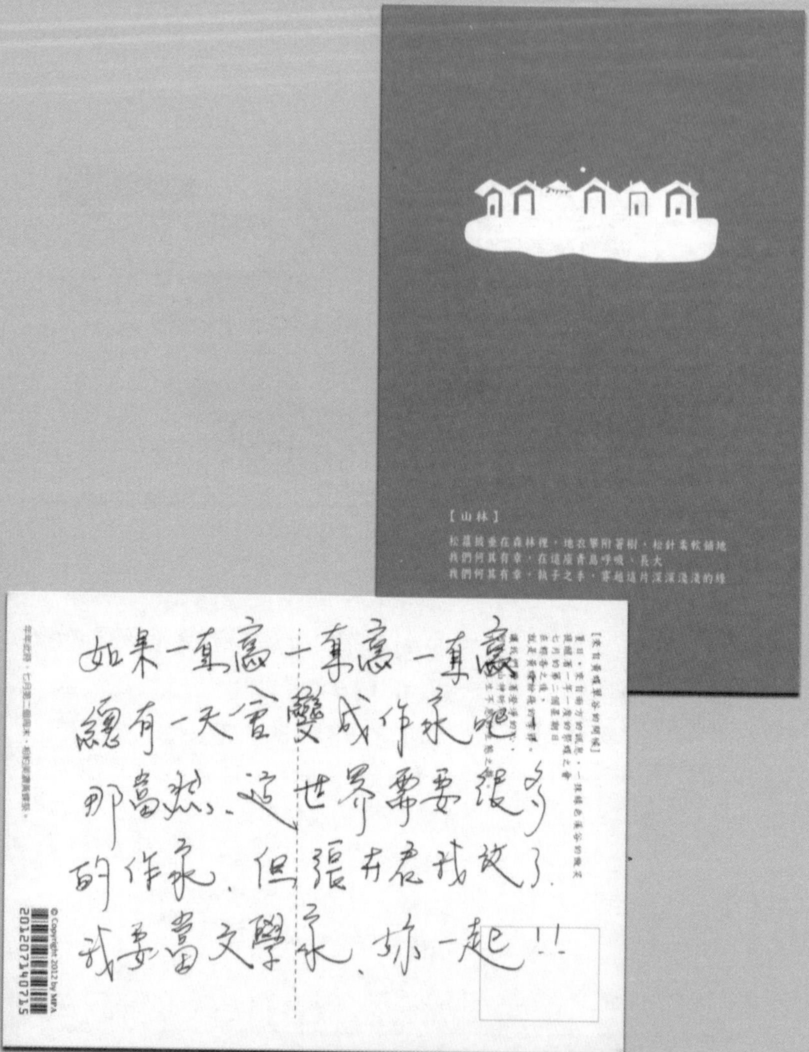

這張沒頭沒腦又狂放妄言的明信片，收到時我一陣失笑。

劉崇鳳對全世界宣告式的大話，雖然寥寥數語又無厘頭，但我知道文字的背後，一定是被某個原因觸動，或剛迷失多時後的茅塞頓開——她總是這樣脫口「噴出」某個人生重要決定的，如同多年前她坐在育樂街的快餐店裡一邊吃著炒飯，一邊抬頭告訴我說：「張卉君我決定要當作家！」一樣，不過這次她算上我了，要和她一起大言不慚，長跑式地寫下去。—— 張卉君

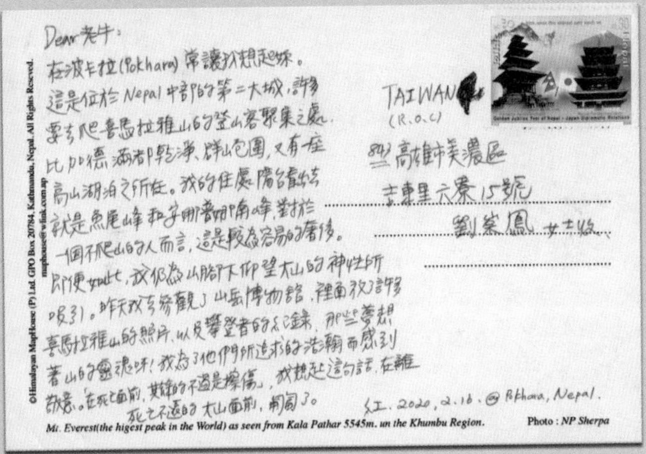
Dear 老牛：
在波卡拉(Pokhara)常讓我想起妳。
這是位於Nepal中部的第二大城，許多
要去爬喜馬拉雅山的登山客聚集之處。
比加德滿都乾淨、群山包圍，又有座
高山湖泊之所在。我的住處陽台看出去
就是魚尾峰和安娜普娜南峰，對於
一個不爬山的人而言，這是較為容易的奢侈。
即便如此，我仍為山腳下仰望大山的神性所
吸引。昨天我去參觀了山岳博物館，裡面收了許多
喜馬拉雅山的照片，以及攀登者的紀錄，那些夢想
著山的靈魂呀！我為了他們所追求的浩瀚而感到
敬意。「在死亡面前，其餘的不過是擦傷」，我想起這句話，在離
死亡不遠的大山面前，[illegible]了。
紅. 2020.2.16. @ Pokhara, Nepal.

TAIWAN
(R.O.C)
843 高雄市美濃區
吉東里六寮15號
劉崇鳳 女士收

©Himalayan MapHouse (P) Ltd. GPO Box 20784, Kathmandu, Nepal. All Rights Reserved.
maphouse@wlink.com.np

Mt. Everest(the higest peak in the World) as seen from Kala Pathar 5545m. un the Khumbu Region. Photo : NP Sherpa

收到明信片時，想著：這是第一次，收到妳關於山行的文字。在妳心心念念的尼泊爾。終於。忘了那年忙碌的執行長是如何生出一個長假奔赴屬於自己的旅程，只知道妳要做自己好不容易。拚了命加班才擠出一點點時間接近，那些關於山的雪的浩瀚而不知年歲的風景。風馬旗飄飛如夢，我也就看見了山岳博物館內妳映照在櫥窗上的臉。——劉崇鳳

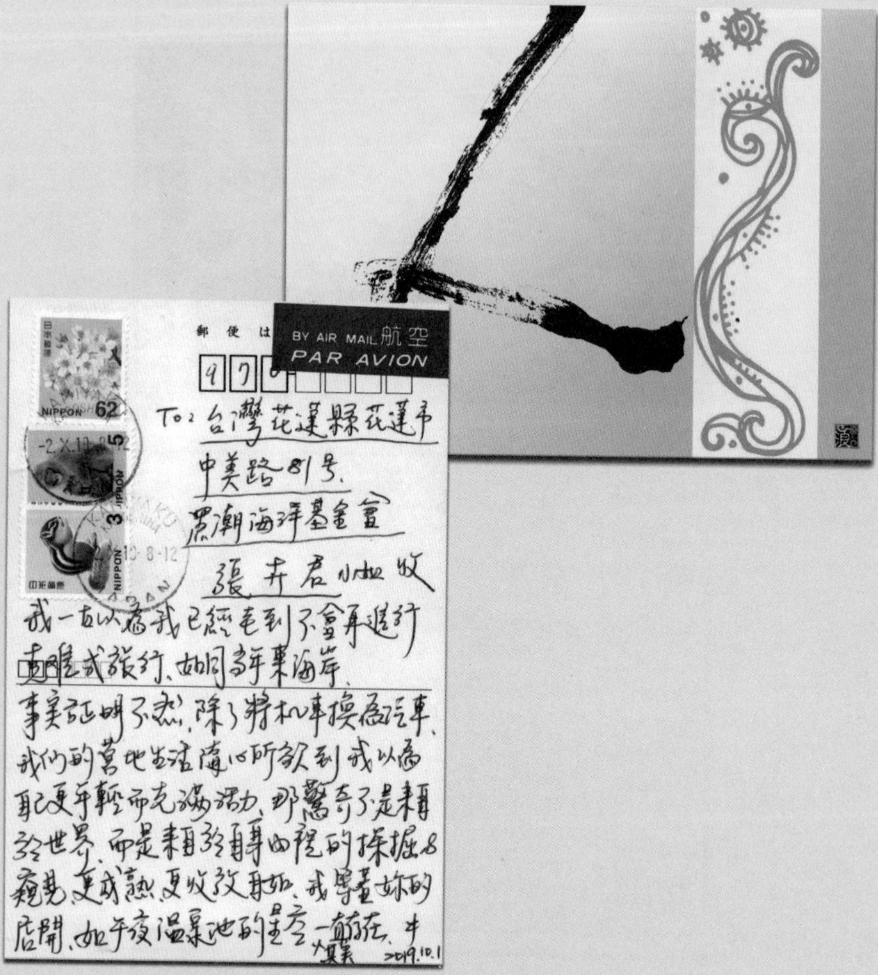

2019 年夏天，我們規劃了一趟有別於年輕時的「貴婦露營」。一樣在海邊紮營，但設備都提升了。崇鳳剛開始聽到這提議時幾乎哀號式地勉強同意，看我起勁地張羅營燈、天幕和豪華炊具，充滿了無奈。

但有何不可呢？年輕的貧窮背包旅行，在時隔多年之後我們依舊在山海間行走，誰規定不能與時俱進來點「豪華版」的野炊體驗呢？生命充滿了彈性和趣味，只要我們仍然在一起，不曾對世界失去探索與好奇的初心。── 張卉君

前言

永不停止的對話

張卉君

「沒有人是座孤島，大海將我們相連」一某詩人曾經說過的一句話，常被我用在簽書會上送給初次見面的讀者。

正因為生命的本質如此孤獨，即便擁有社會與家庭和種種人際關係，但不得不承認的是，每個人總有需要被陪伴的時候：對人生的某個階段選擇感到疑惑的時刻、那些無法掌握的未來、分數也代表不了的幸福保證、私密的關係和無法對戀人說出口的掙扎、男人永遠無法理解的子宮疼痛與空虛、身為女性在面對成長／旅行／職場／女兒母親等各種生命角色獨有的窘境與祕密，以及茫然——像是飄在外太空一樣，有時候那個自以為完整的自己竟突然裂化、漂浮、蒸散了，內在風暴翻滾不止，舉目黃沙……是什麼讓我們安然地走了過來？

是自我的對話。

長成破碎的自己後，追尋過往童年經驗連結的自己和自己對話；也和此時正在經歷轉變、掙扎、需要勇氣存活下去的自己對話；更是和未來的自己對話，在誠實面對想望之後，找到梳理自己的模式，然後能夠繼續在歲月裡平凡自由地安生，抑或接受挑戰，在臺灣山海土地的陪伴之下，朝那個令自己也期待的未來走去。

而這本書寫作的初衷，便是為了陪伴而寫。

我和崇鳳對話式的書寫起於二〇一四年，當時的起心動念其實很簡單，作為大學同學，同時是彼此的室友、旅伴與閨蜜，相識近二十年的緣分回頭檢視，我倆的生命軌跡交錯疊合又平行分離，常常在電話裡、訊息中對話，彼此陪伴消解，箇中悟出的人生滋味、各自與臺灣這塊土地山海連結的經驗，想想還真是有趣；而偏偏兩人又都對寫作懷有懸念，時值三十上下的年歲，想為彼此共有的記憶留下點什麼，於是就開始了書信式往返的書寫。因著種種緣故，我們斷斷續續地寫了好幾年，直到我辭去美濃社區工作前往花蓮赴任黑潮執行長、直到她婚後從花蓮的小農生活決定返鄉美濃老家安居，我倆這部浩浩蕩蕩的長篇大作還在藕斷絲連地繼續，只是寫的內容越來越像是私密的交換日記，而一來一往的等待總因為現實的各式耽擱變得漫長，就這樣拖著、寫著直到我們都各自出了三本書，這份跨越了長達十年累積近十萬的書寫仍未見終局。

「欸！張卉君你到底還要不要寫啊？」有時候崇鳳會鞭笞一下我，她深知我身負組織要職卻心繫寫作的焦慮，帶著濃濃的關心、微微等待的不耐，和有商有量的小心翼翼。「要啊！一定要寫的啊！這本我們累積十年了耶，人生的精華與掙扎都在裡面，不出版也太可惜了。」我發誓我沒有敷衍，只是我手邊的工作永遠停不下來，當時仍是黑潮執行長的我像寄居蟹一樣身負重殼，要在日理萬機的狀態中切換頻道書寫，真的是非常有難度。

只有在很偶爾的時候，我突然會主動想寫。

通常發生在很想要與人對話的時候，抑或是我需要一個出口抒發，想透過文字陪伴自己，就會主動打開電腦敲上數千字，寫完稿子寄給崇鳳，然後滿心期待地逼迫她發表看完的意見，或引頸等待她的回文。那時候我突然發現，「和崇鳳一起寫作」這件事，變成了我整理自己、需索陪伴、或開啟對話的一種模式，在過程中我寫下工作的痛苦和焦慮，也寫下了工作中對環境的思考與自然帶給我的美好，更多時候我們寫女性內在的疼痛與不堪，甚至寫探索身體的種種羞赧與坦然，當然還有很多情感上的糾纏與迷惑——回過頭看，過去的書寫真實地不忍直視，卻由於過熟的默契簡化了脈絡，讓熟悉我們之外的讀者一頭霧水。

這份長長的羈絆與牽掛和真誠的對話，終於在二〇一九年底，我準備離開執行長的工作之後，決定專注面對寫作的下一個人生階段，這本書的重整與出版成了二〇二〇年的首要任務。我和崇鳳把過去的作品整理後請幾位信任的寫作者、出版社閱讀，並且提供意見，非常感謝吳明益、李進文、郝明義先生等幾位專業的寫作前輩所提供給我們的重要建議，在接續著和大塊出版社討論之後，我們決定推翻過去十年累積的十萬文字大軍，全、部、打、散、重、寫：而在接下來的這本書裡，將維持著「對話」的文章結構，以女性的生命經驗出發，回應山與海洋在我們的生命裡所扮演的重要位置，以及常常被讀者問及「妳們為什麼會變成現在的妳們」這些生命的轉折與過程，涵括了我們對自我內心的挖掘、外在環境的關懷、大千世界的探問及各自生命的挑戰與歷練。

正因為有這些對話的過程，我們得以梳理自身，同時也陪伴彼此。

我們希望能夠把七年級世代女性在這個時空背景下，向內向外探索的經驗記錄下來，希望讓這個社會中有著許多同樣面對低潮、選擇的朋友們，不論是否接觸過山和海，都能體會腳下這片土地的遼闊與愛，並在書中瞥見某個時刻的自己——是的，你／妳並不孤獨，而我們將透過各種形式與自我的獨特生命對話。

事實上，我們並沒有期待讀者在書中找到什麼翻轉式的啟示，但我想感謝的是，在書寫這部作品過程中，我正經歷生命中重要的轉折，對我而言能夠重啟寫作是救贖，也是地獄；若沒有另一方對話的寫作對象，如攀岩時確保繩索的那個存在，我隨時可能墜入深谷、沒入深海中，碎裂成遙遠光年之外的星辰。

所以如果可以，也許將它視為一本與你／妳對話的陪伴之書吧。在書頁間翻飛的故事和細節，或許能夠喚起屬於你／妳曾有的經驗。透過書寫、閱讀、在情節裡想像和探索故事——讓我們繼續在海邊的篝火旁跳舞，或者就在山的寧靜裡睡去吧。

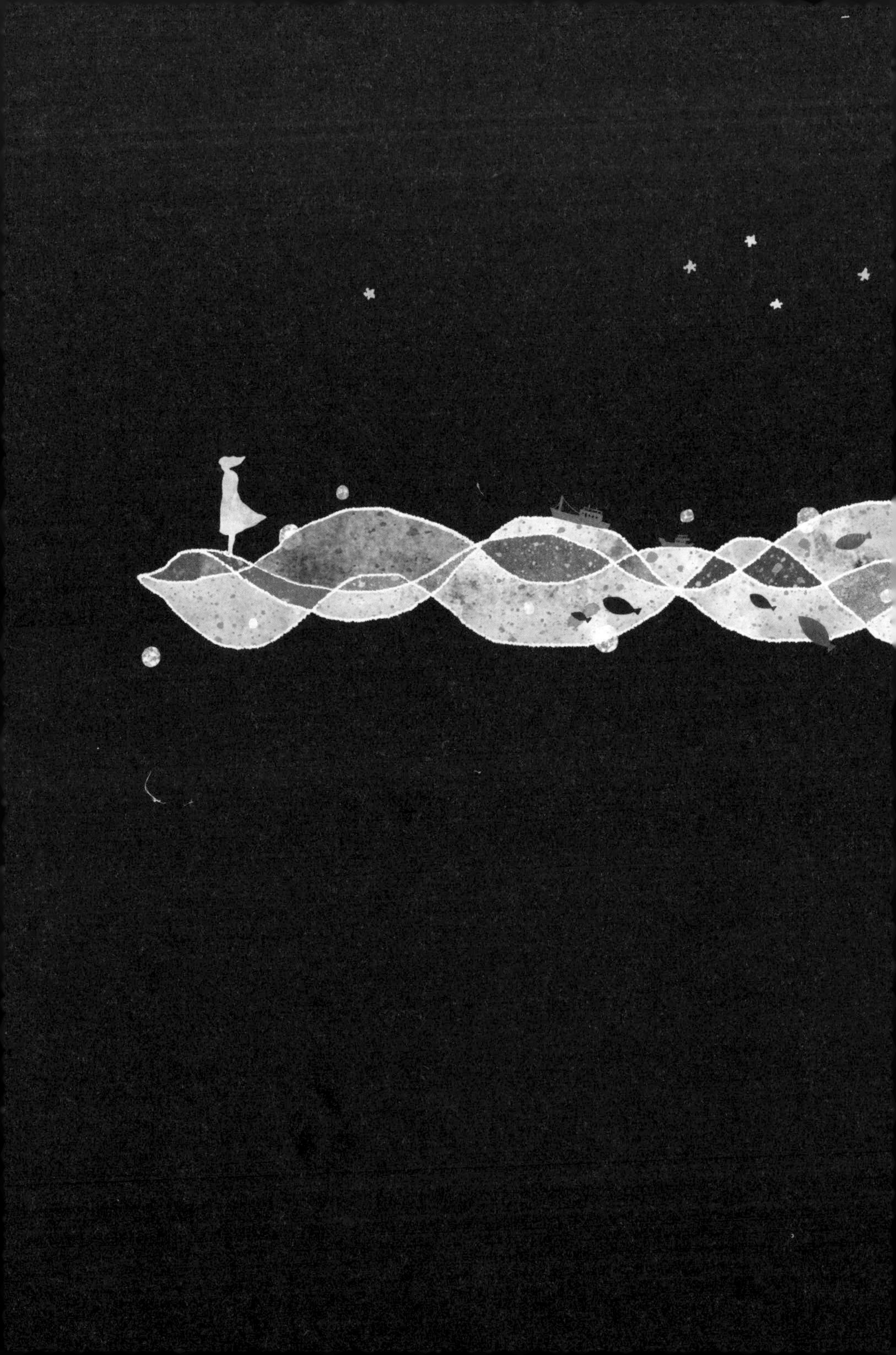

第一部

來自山與海

出生山城的她，過著人們口中的里山生活，然而偶然瞥見海的時刻，她訝異於大洋的深邃廣袤，內心開始豢養著屬於自己的海洋。而在島的南方另一頭，海港城市長大的她，將青春放牧在西子灣，卻在加入山社開啟了生命與山脈稜線的邂逅，找到了穩定生命的力量。

我不知道，山有多高

若不是那片海，我恐怕永遠無法知曉，眼前這座山的偉大——如此一來，也許我就永遠回答不出妳會想追問下去的問題：故鄉的山之於我的意義。

1

是在大學時代吧，第一次隻身離開「故鄉」，踏出群山環繞的小城，獨自南下張羅未來四年全新的大學生活。

新生訓練的那個下午，我們彷彿新兵入營一樣，聚集在大禮堂裡面，緊握著手裡那張通知單走到「中文系94級」指定的位置上，並排的鐵椅子在遼闊的禮堂中如同一畦又一畦的田，我緊張又小心翼翼地通過不同系所的「田埂」，自動成為一株青澀的秧苗，在人來人往鬧哄哄的禮堂裡試圖安坐。我腦子裡浮現埔里老家前那塊茭白筍田，在有條不紊的秩序裡將雙腳浸到濕軟的泥裡，想像自己是第幾排第幾列那株挺拔的筍苗。

一陣風吹拂過悶熱濕溽的空氣，田裡的白鷺鷥拍拍翅膀凌空飛起，驚得我睜開了雙眼，望見單肩背著包短髮帥氣的妳，T恤牛仔褲素樸而中性的穿著，正專注地跨過我的腳，尋找自己的位置。「這是我未來的同班同學啊」我默默瞥了妳幾眼：面無表情看不出任何情緒，眼神沒有任何聚焦，既不熱鬧也不羞赧的，只是坐定了位置翹起腿，等待眼前這畦田的苗們紛紛就定位。

在不免俗的自我介紹橋段裡，每株看似安靜的「苗」們開始迎風搖曳，向周遭展露出各式各樣不同的立體面貌。我們就讀的是南部的學校，很快地同學們被歸類為「北部來的」、「南部來的」，以及少數「中部」跟更少數「東部」的——在這座島上，我們佩戴著不同的風土與口音、在地文化及開放保守的差異，用以分辨哪些人有共同的集體記憶和味蕾，就讀哪個高中，甚至追索到居住距離的遠近。

那大概是人生中第一次大規模的島內遷徙，在班上我沒有同鄉，所以當我說起「埔里」是臺灣的地理中心、被群山包圍時，其實在我心裡它並不具有任何意義的。偶爾在青春的鼓譟下多說一點，便介紹著有一首歌「我家門前有小河，後面有山坡……」那就是形容我家的樣子。

2

眼前迤邐出老家的景象，合院跨出庭檻經過曬穀場，走幾步田埂眼前便是一條清冽的小溪，童年時我總是跟著爸爸和姑姑們的腳步，一步步踏著石塊疊起的小河埠，在夏日豔陽下浸泡在涼滋滋的溪水裡捉小魚、逗蝌蚪、疊石頭，看爸爸教我在平靜的河面打幾個漂亮的水漂，姑姑則躡手躡腳地彎腰在石頭縫處快狠準地抓起幾尾溪蝦，玩得欲罷不能，直到從家裡傳來阿婆的呼喚，我們才獻寶似地把河裡的「收成」帶回廚房灶下說：「今晚加菜呵！」

濕漉漉回家之後有傍晚的工作，趁著天光尚明，阿婆會吩咐我們去後山撿柴。合院就建在淺山腳下，後山滿山頭的檳榔樹夾雜著原生雜木林及竹林，我其實不太懂哪些柴枝好燒，只記得阿婆交代我撿些竹枝、大塊柴，回來好劈了進灶煮飯、燒洗澡水。淺山的雜木生得密，前一天若下雨土壤都是濕滑的，所以家裡廊下處處可見雨靴、斗笠和袖套，這是我們上山下田的「標配」，每人得有一套。

而當時我所描繪的童年生活即景，一直到我們都大學畢業好多年以後，某次我開車回家探望體衰年邁的阿婆時，妳才真的從海的那一端跨過山來，親眼見識了我「前有小河後有山坡」的老家，以及阿婆種的扶桑花牆、九重葛瀑，和那口依舊日日夜夜生火的廚房大灶。

在那個初識彼此的新生訓練上，關於妳的事我記得不多，只有印象妳說從高中就混西子灣，明明是女校卻穿著雄中制服逃學蹺課，我幾乎要插嘴附和說：「欸我也去過高雄，我媽媽的娘家就在高雄！大年初二回娘家時我爸爸會載著媽媽、我和妹妹一起開過海底隧道去旗津看海！」這個微小的共鳴，是我童年時期對海唯一的印象，夾雜著爸爸戀戀不捨望海的背影和媽媽沒說出口的鄉愁，那回憶總是逆著光的波光瀲灩，讓我以為高雄是金色的，海也是。

3

山城是綠色的。

位於臺灣中部的故鄉埔里，不僅地理位置在島的中心，氣候也是恰如其分，清晨總是有霧瀰漫田間，接著陽光從山頭上把濕氣曬開，檳榔葉鞘交相輝映的天空便呈現乾淨的藍，舉目所及四面皆是各種深淺灰明的綠，來自於圍繞在埔里盆地四周那些不知名的山。

有記憶以來，「山」彷彿家門口的守護者，恆久地將老家和我的童年環抱入懷，親切得令我幾乎不好奇它們的名字；直到很後來才透過一些網路上的介紹知道「埔里鎮四周主要的山脈，東有西塔山，南有白葉山，西有觀音山，北有三角嶺，東北則有關刀山。關刀山是埔里週邊最高的山脈，標高高達1,924公尺。」

對數字一向不敏感的我，無法透過符號來丈量我與山的距離或高差，更令我深刻的，反而是每個清晨醒來望著霧氣蒸騰的山漸漸染上光輝，清明而豁然開朗的神情，它們的明暗與輪廓拼貼成平凡卻深刻的景致。山的堅定、穩固、安祥和強壯構築著我生命的基調，而老家四周廣袤的田野則是滋養我的沃土，得以自在奔跑的空間，舒展著隨時可以遁入自然的狀態——多年以後當我離開家鄉到他方生活工作，才漸漸意識到自己未曾嚮往都市，受不了侷促擁擠的空間感，也許和從小生活在山野間的慣習有關，如今想來竟是一種奢侈。

不知道是否因為山總是在那裡，它們存在得如此理所當然，觸目可及，所以我竟未曾對於探索它們、攀爬或征服稜線有過一絲絲渴望。以至於大學和妳進一步成為分租共住的室友後，常望著加入登山社團的妳趴在老房子客廳裡，眼神灼熱而敬畏，專注地描繪一張張等高線地圖，彷彿正進行著某種神聖的儀式——那情景使我感到陌生而新鮮。

4

「我想過要帶妳上山，但我不確定妳是否會想要。」多年後妳已經從山裡畢業，漸漸走出大學社團爬山的模式，我們在島內外一起流浪過許多回，成為契合的旅伴之後，某次妳對我說。

於是我們聊起了我記憶中的山，關於童年的、家鄉的，那些親切得又近又遠的淺山，它們如何常態地存在於我的日常之中，甚至連每回過年姑姑們回家團聚的日子裡，我們全家在年初三的固定行程，就是去「五票坑仔」爬山。

身為靠山吃山的客家民族，從小阿婆便將山的應對之道透過生活教給我們。包括哪個時節適合上後山採摘出土的竹筍、哪些草葉適合熬成苦透退火的青草茶、哪些又是用來做艾粿的原料……客家民俗植物的運用在阿婆口傳的記憶裡如同一本翻不完的寶典，而這些長年從身體勞動長出來的經驗豐盛了我的童年。

大年初三「五票坑仔」的爬山行程可不是真的爬山，而是到山谷裡去採摘一種埔里當地的野生蕨類，一種俗稱為「三角柱仔」的山蕨菜，和現在市面上常見的「過貓」是不一樣品種，俗稱「山過貓」、「拳頭菜」、「龍頭菜」。這種山蕨菜少見於市，因為採摘嫩芽之後的工序很多，必須先清洗、川燙後，浸泡「草木灰」（閩南語：灰烀）用鹼去除莖部的苦澀之後，再分束用活水浸泡一天，才算是完成前置作業的一部分。

阿婆說這是日治時代就很常外銷到日本的蕨類，甚至做成罐頭、蕨餅等，日本人很喜歡吃，據說這種蕨類只生長在無汙染的林間、山野間，含有豐富的多種維生素，還有清腸胃活絡筋骨的功效，通常炒薑入菜就非常美味。「我們小時候都要上山採這個三角柱仔去市場賣吶！賺零用錢。」爸爸一邊補充道。

如同傳承了父輩的勞動記憶，這項採蕨的「技藝」仍舊是每年上山我們用以一較高下的生活趣味，對於爬山沒有太大興趣的我，倒是非常喜歡採集。隨著阿婆的指示，全家人走著產業道路到稀疏針闊混交的林木區向陽地塊，開始分發手套、鐮刀、橡皮筋和茄芷袋，然後便如一批批放養的羊群一樣，沒入野地之中，帶著鷹一般炙熱的眼光開始尋找隱身在雜草中的蕨，它們帶著紫紅色的枝幹挺立著枝頭蜷曲的嫩芽，在陽光閃閃發光的絨毛，有時遍尋不著，有時轉身就遇到一小叢，如同藏寶圖中未標明的寶藏，總讓我竊喜於造物者偷偷贈與的恩典。

5

在野地裡尋找蕨類的時刻常常是安靜的。因為坡地範圍廣大，為了不重複採摘，通常我們會分散作業，彎著身體在坡地裡工作，有時看不見對方，因為距離的關係也較難交談。那樣的時刻我總小心翼翼地踩著腳下的野草，怕隨時竄出蛇或踩到蟻窩，踩過的野地有植物散逸出來的草腥味，窸窸窣窣的聲音與風吹過山谷的和聲、間雜著家人互相確認方位偶爾傳出的呼喚聲，我常在那樣的時刻裡感到寧靜，在山裡獨有的寂然，有時會讓我忘了繼續尋找下一株蕨的蹤影，只是感受著生命單純的存有，彷彿與某種偉大趨近的浩瀚。

我突然想起羅伯特．摩爾在阿帕拉契山脈健行途中的體會，他說多半的登山客無法走完山徑不是因為危險性或耐力，而是無法忍受幾個禮拜、幾個月在寂靜的山野中度過。因此他寫道：「迷失在起伏不定的各種生命地形裡，多數人寧可選擇自己限制在一條路上，也不願面對毫無標示的荒野那種令人無所適從的自由。」

也許在當時面對升學主義的壓迫、有序世界的遵從感到微微厭惡和反抗的我，在上山野放採蕨的時刻，全心著迷於野地無序的生命力之中，也曾感受過一小段自由的縫隙，興奮得令人耳鳴的那種。

我和妳自在放逐的飛揚青春截然不同。

求學時期在私立高中因為留級而待了四年的苦澀青春，曾經是我羞於啟齒的屈辱經驗。我可能永遠都忘不了某次段考後我站在四面封閉的校舍頂樓，望著如蟻列般密密麻麻的放學人潮，手裡緊抓著敬陪末座的全校排名成績單，胸口那股幾乎要爆裂的憤怒感——那一刻連風都不在，而我曾經想一躍而下，以全然破碎的肢體瞬間攪亂四方校舍僵直堅硬的規訓，是不是，有可能藉此逃逸出屬於自己的自由路線呢？

我始終沒有那樣的勇氣。

6

慶幸的是我可以在假日時逃回山裡，在老家後山的山徑上兀自走著，一坡又一坡起伏綿延的山徑從鋪著水泥塊的產業道路，一直到樹林裡野草叢生的黃泥土地，再往前走是枯枝橫斷的密林之處，我有時只是著迷似地往山裡面走，不知道會去到哪裡，也不知道終點何在，只是感受著山的起伏，時高時低地將呼吸融入地形的曲線之中，有時費力有時輕鬆，直至前方無路，我硬是用雨靴踏踩半身高的芒草，隨手撿起一根斷木為杖，試圖劈斬出屬於自己的道路，每一步都顫抖又篤定，就這樣一直走到雙腳失去知覺自動邁前，腦部出於每一秒的直覺選定下一步的方向，胸口的腫脹感隨著腳掌的踏步被土地一點一滴吸收了，才頹然地躺平在坡地上喘息著，任心跳聲隆隆撞擊，汗水涔涔跌落至腐葉上，擾亂了正在前進的大黑蟻列，牠們慌張而快速地變換著隊形，卻未曾停止。

我睜眼望著各種葉型交織滿布的天空，它們站得那麼密，卻容得下風，風一來它們搖曳，便讓出了天空，滲進一絲絲的陽光，如同救贖。我不是忠誠的信徒，不特別信奉任何一個宗教，但那一刻我匍匐於山的氣習裡，臣服於它的靜偕之中，淚如泉湧。

我從不知道山有多高，然而它們始終巍然而立，溫暖堅定，未曾在我生命之中位移。

我不知道，海有多深

如果人生沒有叛逆過，我不會知道生命如海一般深邃；而如果生命可以再重來，我還是一樣會做那些不可思議的忤逆與違規之舉，以見證被禁錮的青春，原來浩瀚原來奔放，世界如此之大。

1

十八歲的生命，敏感且苦悶。

第一志願的女校人才濟濟，根本不差我一個，前方捧著書輕鬆自若穿過走廊的女孩那麼多，再怎麼努力也無法趕上她們，不如不要努力。我時常，這麼跟自己說謊，以證明自己不是一無是處。於是我將自己喬裝成瀟灑帥氣的那種樣子，如果可以，嗤笑一聲，將白紙紅字的成績單隨風送入海，宣告我一點也不在乎。

學校離海很近，考上機車駕照以後，我總期待放學後的海。等待下課鐘響，將紅書包丟在圖書館內，假裝繼續晚自習，隨後就跨上機車出校門。校門口有一道隱形的圍牆，每每破牆而出一刻，我才感覺到自己的呼吸。其後座時常載有不同的女同學，穿過高雄橋跨越愛河，左轉公園二路，一條敲敲打打的黑手街深埋一城的造船史，然後躍上彎如月牙的紅色大鐵橋，御風而行時我感覺這座橋會芝麻開門，將人從籠中接引至天空。

慢慢地，能聞到濕鹹的海風，直至哨船街與登山街的路口，車身微向左傾，溜過眾人排隊等待的碼頭，此時夕陽西下，中山大學校門外還有紅磚砌成卻畫滿遊客塗鴉的蘿蔔坑，一個坑一個坑中坐好雙雙對對的情侶或友伴，而我從不停駐，熟練地越過校門，順著小小的路蜿蜒，沿山路而上，西子灣的視角緩緩被拉開，海就變大了。

從高處俯瞰銀絲綢般的海，細細的波紋彷彿能彈震出一點升學牢獄的糾結，我著迷於那樣的寬容與平靜，海上有船，穩穩航行。那是什麼船？會航行到什麼地方？那時太年輕了，全然無意識於城市與海的連結，我不在乎，懵懵懂懂，生在靠海的港都，卻到了十八歲，才開始親近海。

妳說對了，高雄的海是金色的。但有一個條件：黃昏才可能出現。

傍晚，五福路上車如流水馬如龍，夕照的金光會斜射向東方——朝著我鳳山家的方向，高樓大廈的窗戶如鏡面一般反光來反光去，一條大道也一起變成了金色。唯那時我能遺忘城市混濁的空氣與街道時不時按鳴的喇叭聲；唯那時我感到安全而我有能力在短暫的夕陽光束中開拓自己的疆域；唯那時海洋和天空有魔法能融化這只許成功不許失敗的緊張世界。

我不願錯過。

彎來拐去，直騎山腰上某處平臺，停車熄火，與後座同學覓尋喜歡的角落坐下來，這麼看著那一顆圓圓的蛋黃漸漸隱沒至雲後，天空將彩虹般七種顏色變幻調和，黑幕逐漸升起，夜空中有星子閃爍。

躺下，雙手枕在後腦勺。一次哼起歌來，歌哼著哼著，竟莫名流下眼淚。我貪戀，貪戀夜裡的海。噹噹噹噹，九點鐘晚自習時間要到了，我得將同學飛車送至校門口，鐘響後她得乖巧步出校門，她的母親會在校門口迎接。兩人卻在愛河畔為紅燈右轉被警察攔截而倉皇失措嚇出一身冷汗。

即便在那時，海洋的廣袤深邃仍緊緊攫住我，成為某種信仰某種救贖。追著西子灣夕照跑的孩子，將自己孤懸於海，切斷與家的連結，天塌下來也沒有關係。

2

自以為被海豢養，我帶著這份孤傲走進大學堂，為離家興奮不已，一心嚮往的自由自在在哪裡？我想尋找、我想開創，幾乎不打電話回家，母親為這匹脫韁的野馬神傷，我卻只覺家人厭煩。

無人知曉我的灑脫是一種偽裝，連自己都未曾覺察，這脆弱的武裝。

一個在鳳山公寓裡長大的孩子，小時候的遊樂場是在客廳紗門推開後，小方格小方格紅磚鋪成的長長陽臺。我時常在那裡騎腳踏車，從這頭騎到那頭，又從那頭騎到這頭，覺得世界又深又遠。陽臺上方，是深褐色方格架起來的鐵窗，整整齊齊的菱狀排列，保護著我的世界。鐵窗上有個小門，被鐵絲纏繞拴住，我很晚才發現，偶爾會盯著那個小門，想著推出去以後探頭下望的風景，卻始終不敢爬上去。

膩了陽臺，就去客廳。那時客廳很大，我拿著網球拍與牆壁對打，跑來跑去不厭倦於撿球；或者，穿溜冰鞋或踩著滑板，自客廳這頭滑向陽臺那頭，注意要盡量貼緊壁面再出發，這樣路線才可能更長，卻還是常為一下子就到了盡頭而感到侷促。

公寓大門前的停車處，是我與妹妹的「廣場」。我的腳踏車是在那裡學的，樓下的阿桑教我騎她的腳踏車，我喜歡騎大人的腳踏車，儘管矮小儘管屁股一扭一扭，還是要騎大輪子的腳踏車。它能帶我到很遠的地方，騎乘時，拂過臉的風總令我雀躍不已。而真正讓我迷上騎單車的日子，卻是假日回阿嬤家的時刻。

老家在美濃，爸爸總是開車行經高速公路，滑下交流道轉幾條小路，全家就會邁入一個截然不同於市區的客家農村。媽媽說我自小就會在老家大院裡騎三輪車，長大以後，我會利用全家午睡的時刻，騎阿嬤的腳踏車出遊。鄉間小路兩側是綠油油的稻田，我夾在中間踩著踏板前行，騎經魚塘、水圳、菸草田……空氣中漫散著雞屎味時，我就知道養雞場到了，雞群被安置在一個個方格的鐵籠中，許多雞擠在一起，無法移動只能發出嘰嘰咕咕的叫聲，偶爾可見幾根零散不整的雞毛飄飛，我畏懼那樣的混亂和緊窒，只能加快速度，閉氣速速通過。直到又聞到清爽稻香的微風，才鬆一口氣。

我會停車，沿田埂走到田中央的伯公廟，坐躺在後方的化胎之上，遙望遠方搖曳的椰子樹發呆。青色的稻浪像海，風吹過稻葉婆娑起舞，發出沙沙沙沙的聲響，令人昏昏欲睡的午後，卻叫我無限徜徉，好似能一直在那裡優游，而無須回家。

那約莫是我有記憶以來，第一次感受到「自由」——故鄉美濃的牽引，引我遇見稻浪之海。自那之後，我對稻田，有了依戀。

爸媽起床後發現我不見了，阿嬤發現她的腳踏車不在院裡，便知曉我又騎車去了。家人對我這浪遊的病症無可奈何，阿嬤卻咯咯笑，說：「分（給）鳳仔去。」

自阿嬤的腳踏車到十八歲的機車，自美濃的稻浪到柴山腳下的西子灣，我對海洋的想像既貧乏又豐足，鋪設在孤獨的城堡底下。那更早以前呢？我到過海邊嗎？童年藏有大片失落，幼年至海邊玩耍的記憶，不知為何一片空白，只剩照片為證——那是爸爸、媽媽、妹妹和我，一家四口站在沙灘上的合照。我盯著照片上的自己深感困惑，那時我幾歲？在西子灣海水浴場嗎？

「在旗津啊！」媽媽說。她娓娓道來當時怎麼去、我和妹妹在沙灘上玩什麼、她如何擔心我們太靠近海……我卻盡數遺忘，唯一突然湧現的記憶，是坐在車內，行經海底隧道時車裡一片闃黑，「上面就是海喔！」副駕駛座的媽媽轉頭與後座的我們說，雖為隧道上面是海感到新奇無比，我卻更為幽深的海底隧道感到驚懼。

遼闊無邊的大海啊，我何曾親近過她？幼年的我率先習得的是害怕。

高中以後，我們自公寓搬遷至大樓，最鍾愛的家中角落仍是陽臺。下雨的夜裡，我站在陽臺瞭望遠方，遠方一片荒煙漫草還有垃圾山，夜雨卻令眼前所見之處盡數蒙上一層紗，灰濛濛的大地幾盞疏落的燈光，竟像海上的船隻……那時我想，夜裡的海，大概就是如此吧！

大海令我相信無邊無際的可能，於是我四處尋找破除邊界的存有，但公寓裡沒有，大樓也難尋，那似乎藏在自然野地間，直至大學，我加入了登山社。

3

我們交會於新生入學之時，每位同學都是新的，我儘量面帶笑容卻還是會忘記，坐在席位間只覺得中文系女生都好有氣質，始終覺得自己邋遢且格格不入。

入學沒多久，一天夜裡，妳來敲我宿舍的房門，一頭過肩的大波浪長髮染了深褐色，妳的臉皺著，無往常燦爛笑靨，才知妳與男友冷戰。那天我們坐在床前聊了許久，暗自在心中驚詫，妳為愛奮不顧身揭開七彩斑斕的情感波光，而我卻只想孑然一身去遠遊……「去過黃金海岸嗎？」我問，讀出妳眼中的困惑。

我想，我的戀人是海。

在我們就讀的大學城中，「黃金海岸」是不陌生的名字，儘管這片海離學校甚遠，卻阻撓不了我澎湃想望。騎車向西南海岸線而行，跨越整個臺南市區直到建物漸矮，天空漸次寬大了起來，如一趟具層次感的長距離旅途，道路偷偷變寬、車流慢慢變少，直到一個T字路口轉彎，路旁開始出現鹽田，空氣裡多了鹹味，天氣好時，夕照一樣會將鹽田打出亮澄澄的金色，天光水色交相輝映，閃閃色澤我並不陌生。

我多麼喜歡騎機車，急速狂飆的快意裡以為自己就是風，忍不住當街大叫，歡呼聲沿西濱公路呼嘯而過，人車合一後渺如銀星，大地上滑溜出一道長長的拋物線……快到海邊了，極目望去天空變得極寬極廣，地面上綠色灌叢認分地低低站著，海堤出現以後，放慢速度，沿邊緩駛，像個孩子不住張望，順隨公路上坡，海天一線沿堤岸款款升起，就愛捕捉那海天一線，每次看每次開心。

一個人站在堤防上看海、吹風、曬太陽，閉上眼，輕承這份悠然，我是一個奢侈的窮人。

這一片海，和高雄西子灣是連在一起的喔，叫作臺灣海峽份再向南一點，就是爸爸工作的地方墾丁，那裡有巴士海峽，不僅浪大、海色也純粹；再往上推，就是臺東和花蓮了，據說太平洋是全世界最大的海，那該是何等的浩瀚與湛藍？

怎麼那麼好，生在四面環海的島嶼之上。大聲歌唱、大步踏行，腳丫子陷進濕軟的沙地，觸感細膩溫柔得心悸，海浪捲上來，笑得跳腳，才發現……海水是溫的？不可置信地伸出腳尖，試探性地攪動海水：「哇賽，海水是溫的！」蹲下，伏著膝，手指在灘上畫著山形，寫下社團的名，浪又輕輕漫上來，嘩啦啦啦退下，山與名字皆神鬼不覺地帶走，像什麼也沒有發生過。

我便是愛上大海不止息翻覆的力量。什麼都可以容納，也什麼都可以失去。

難以自持地讀起各種航海日誌、海洋散文或小說，可是學校沒有航海社，於是我負著背包走入森林的海洋。不記得妳是否曾跟我一起到過黃金海岸，卻對幾次上山前，我為打包忙得焦頭爛額，而妳一邊碎念一邊幫忙裁剪橘色路標的畫面印象深刻。

「劉崇鳳啦，只會上山不會上課！」妳說。

4

直到美濃的阿嬤逝世，我離開這片海，翻過山到妳埔里老家看望妳年邁的阿婆，隨妳繞走在老家院落與廊道之間，走進合板搭建的小房間，才一一驗證多年來妳嘴裡細述的山間合院。

我回頭，美濃老家旁的廟宇敲起暮鼓，阿嬤在大院中彎腰收拾一片片高麗菜乾，一旁弟弟在踢球，阿公坐在門前老舊的藤椅上泡茶，伯叔們來來去去，妹妹在客

1 路標，登山者探路用的標示物。

廳長木椅上看電視，廚房傳來母親炒菜爆香的吱吱聲，嬸嬸蹲在樓梯口邊添柴燒洗澡水……農村一天的忙碌盡數收攏在這裡，日落餘暉灑耀，我環顧四方，發現美濃也是不折不扣的山村。

山村裡，老一輩的客家人一生勞動，他們哪裡知道什麼海呢？我懷疑我阿嬤一輩子沒見過海。

我的父親母親，自小在環山的美濃小鎮長大，赤手空拳到港都打拚，白手起家生下我，他們認分養家養孩子，與海的疏離與多數美濃人並無二致，於是當年爸爸媽媽帶我們到旗津玩，也望海生畏。我記得的，海很危險。

所以我們看海，親海的方式就是看她，而我著迷於看海。

我回頭，看見妳我山村裡的合院，許是山的穩靜凝鍊，才拉出海的波動與光耀。青春並不平靜，山歌高遠，而海歌熱切，深自感謝這一切安排，於是無畏於出走，即使我所知道的海如此粗淺平板，卻也在無盡追尋的時光中，一點一點，笨拙地下潛了。

初識海

「生命充滿間歇的震驚，如同老虎跳躍般突然，生命自海中起伏的黑暗巨浪湧現。這是我們被束縛的；我們被綑綁的，如同身體被野馬所困。但我們發明了填補這些縫隙並加以偽裝的方法。」

——吳爾芙，《海浪》

1

最近重讀維吉尼亞．吳爾芙的《海浪》。

零散破碎的字句彷彿海灘上擱淺的細碎漂流物、意識流手法極致的文本顛覆了傳統文學對「小說」文體結構的闡述，全然自由無邊又覆沓如詩的節奏，在年少時我數次翻開書頁卻屢屢無法讀完的艱澀作品，如今再度展閱卻能夠反覆咀嚼出況味來——不知道是否因為我們的生命，也領受過了好幾波海浪的拍擊沖刷洗禮，當回首探視童年與青春的光景時，那些曾被綑綁、折疊、修整的斑斑鑿痕得以一一細數，成就了妳我此身的斑駁燦爛。

如同海浪一般無盡湧起又後退，扇狀吞沒海岸線的日常，太陽升起又落下歷經幾世輪迴，在自然的遞嬗更迭之中，我驚覺著命運的巧合與雷同，意識到時光向前迤邐而去的同時，隱約重複著幾個精彩的片段，如同主旋律一般漸漸唱出了生命的基調。於是當我們細細審視著記憶的切片，總能從其中瞥見別具意義的瞬間，遂恍然那並不是巧合，而是造物者精心計算之後的必然。

我向妳提過嗎？引領我走向海的，是爸爸——一個在山城出生，輾轉到臺中大都會打拚的客家少年，除了在金門離島當兵的那段時間之外，終生沒有在海邊生活過，卻心心念念著退休後要到海邊小鎮或離島住上幾個月，體會靜靜看海的日子。因為有個嚮往海洋的爸爸，所以從小暑期的「家族旅行」，總有幾次得以爭取到花東、離島看海的機會。

每到海邊，爸爸雙手扠腰凝望大海的背影，總散發著一種探望愛侶的溫柔與渴望，那是我在山裡未曾見過的爸爸。有別於日夜奔波工作的緊張，身為家中獨子的爸爸一肩挑起照顧阿婆、妻小的重擔，沉著堅毅的形象更接近一座穩穩的山，讓家人得以依靠；然而大海似乎吸納了這座山長久負重的疲憊，爸爸看海的神情變得柔軟，長期緊繃聳起的雙肩也鬆懈了：「來看看海，感覺真好。」他露出少有的滿足微笑，目光流連於一波波拍擊向岸的海浪，無限依戀地。以至於在日後，我總想像著也許每個人心裡都豢養著一座屬於自己的海洋，當生命感到窘迫受挫的時刻，會如同大鯨自海底深處潛浮出海面一般，在那一瞬間大力地換氣呼吸，噴濺出一團團沖天的水霧，在烈日之下灼出虹影。

2

我心裡豢養的第一座海洋在澎湖，臺灣的離島。

決定出發是在國中暑期的一個下午，有一搭沒一搭地跟家人聊天時，說到在圖書館讀了一本澎湖的詩集：「好想去看看天人菊和貝殼白砂海灘長怎麼樣啊！」伸了個懶腰之後，想不到一旁爸爸馬上答腔：「想去就出發吧！馬上來訂機票。」就這樣，人生第一個離島旅行在那年夏天實現，在那之前我單憑著一本早已散佚在記憶中的詩集文字，想像過那個熱烈的島嶼，長滿虯結的仙人掌、天人菊盛放，以及滿地的夢幻白砂、湛藍得近乎螢光的大海，那是與家鄉山城截然不同的異域景致。雖然都在「臺灣」境內，不知為什麼，透過搭機或搭船才能抵達的離島，硬是多了一種「出國」的錯覺，興奮感也加倍。

不知道是距離形塑了差異，抑或對比於臺灣的海陸空間尺度不同，「離島」、「外島」的生活總多了海洋的氣味和想像，比方澎湖、小琉球，抑或蘭嶼、綠島、金門、馬祖，這些位於臺灣周遭的小島每一個聽起來都別具風情，如同海上散落的珍珠。爸爸曾發下豪語說要將所有臺灣的離島都造訪一遍，然而當我長大後才知道，臺灣境內行政區的「島」，包含本島、列島、群島、內陸島等各種島的形式，幾乎有近兩百座「島」，其中還有許多是無人居住、或者主權仍具爭議性的島，要一一涉足幾乎是比登天還難的事——即便如此，當我攤開地圖，看見那細細點點被大海包圍的土地，仍然不自覺悠然神往，它們是海神掌管的國度，是海鳥棲息的所在，孕育潛伏著稀有罕見的島嶼物種，一切充滿了蠻荒未知的吸引力。

我好奇翻看《說文解字》裡如何詮釋「島」：「海中往往有山可依止，曰島。」在文字學的演變之中「島」字由山、鳥兩字組成，描述了島在茫茫大海中的角色，一座可供海鳥休息、棲息的山丘，在無盡漂流或橫越無邊海洋的飛行之中，固著而穩定的存在，讓陸域生物得以滋長或喘息。第一次踏上澎湖群島，我就像是長年掙扎於學海浮沉中的海鳥終於找到得以休養生息的陸地一樣興奮。

於是我們在清晨時漫步於吉貝島的白砂海灘，腳下細軟的砂石混雜著各種貝殼的碎片，捧起白砂時我細看它們的組成，想起英國詩人威廉·布萊克曾寫下「一砂一世界，一花一天堂，手掌握無限，剎那即永恆。」的詩句，手裡掬起的貝類殘骸昭示了生命的脆弱與渺小，當下無法領略何謂剎那即永恆，只有一種淡淡的哀傷；手中握不住的是無數向海而生，向海而死的生命，牠們曾在幽藍深海中盛放張揚，如今回歸天地，成為遊客裝瓶紀念「到此一遊」的星砂。

3

我想我們對海的感受並無二致，來自於臺灣長久以來海洋教育的缺席，根著的恐懼讓我們只在遠遠看望大海的時候想像她，卻不敢輕易走入她。

我第一次的海泳在澎湖，菊島。就是那一趟離島旅行，我們和一般觀光客一樣選擇了浮潛的行程建議，依稀記得是在桶盤嶼的一側海灣，潛水教練帶著我們一家人下水，裝備僅有面鏡呼吸管。

那一個下午陽光普照，海水清涼湛藍，我卻緊張得無以復加。只記得自己和妹妹手忙腳亂地練習閉氣，把鼻腔的功能暫時關閉，僅用嘴巴呼吸換氣；一面則依著教練的指示朝面鏡吐口水，摩挲著鏡片好讓它不易起霧。裝備是租的，我手裡依指示模仿著教練的動作，心裡卻充滿了抗拒：這套面鏡呼吸管到底歷經了多少人的口水和齒痕啊？我真的要把它放到口中嗎？

一旁的爸爸卻悠然自得，顧不得我們的手足無措，他早已一頭鑽進水中，矯健得彷彿一頭在岸上禁錮太久的鯨，迅速下潛沒入海中。我和妹妹試著把頭埋入水裡，透過面鏡好奇地向水下張望，腳還踏得到海底呢，水平面以下的視線變得跟平時不一樣，陽光照射水面穿透水下，累累的石塊上長著綠藻和水草，它們隨著海流緩緩擺動，妖嬈如印度女神的扭腰；三三兩兩的小魚群啄食著藻類裡的浮游生物，牠們斑斕的體色勾引著我的視線、石縫間布滿了緩慢蠕動的黑色長條海參，我們小心翼翼地唯恐踩到牠們，緊張到忘了呼吸。

水下分不清楚方向，我時時要探出頭來調整進水的面鏡、用手指摩挲鏡面的霧氣，藉機張望爸爸媽媽的方位。媽媽總在我觸手可及的地方，而爸爸則是兀自游到了礁石以外的海域，只看得到小小的黑點；我心裡一面擔心著爸爸會不會游得太遠了，一面試著克服自己對海的陌生與畏懼，腦海裡還不停浮現過去《大白鯊》電影的劇情，擔心著會不會突然被鯊魚咬一口，心裡七上八下。然而海水的清冽浸潤著我，水下視界的豐美也頻頻召喚，一次又一次我調整面鏡俯身下水，慢慢地進入一種平靜，水面下聽不見陸地的雜音，心跳聲和呼吸聲被放大了，只聽見自己急促的恐懼，漸漸地放鬆之後身體輕易地漂浮了起來，從海面朝下俯瞰，竟有了一種飛翔的錯覺。

一度我忘了要害怕，陶醉於深藍世界裡瑰麗的珊瑚與各式各樣的魚群、海流、氣泡，水藻如同羽毛一般向上漂浮，七彩章魚觸手探出岩洞，成群的銀色小魚穿梭如箭，在陽光照射下閃閃發光。我想起爸爸在臺中家裡豢養的一缸小魚，為了豐富那缸半身高的水族箱，爸爸常帶我們去水族館晃。每到那個充滿透明缸體與幫浦氣泡聲的水族世界，我總好奇地從第一缸魚慢慢徘徊到最後一缸，對照牠們的姿態與名字：孔雀魚、朱文錦、鸚鵡魚、羅漢魚、天鵝魚、粉紅斑馬、巧克力飛船、火焰變色龍、黃金鼠、紅蓮燈、紅肚鉛筆、閃電……這些奇異且充滿比喻的名字描述著魚的形象，使我常常一邊幻想著牠們的樣態，一邊在冒著泡泡和日光燈管照射的水缸之間，想像海——水族世界是人工的海。妳可以在裡面組裝一缸水域帶回家，自行搭配地景、假山水、海草和淡水或海水魚。淡水魚容易，海水魚不好養，店員說因為妳要模擬海洋的生存環境，溫度和鹽度都得要更精準地控制。「意思就是……人要模擬造物者啊？」當時的我這麼想著，人是生活在陸域的動物，我們該如何模擬一座海洋，在造物者面前，那不過是粗糙的伎倆，反映出人類的寂寞、單調、侷限與荒謬罷了。

4

我無法辨識眼前這座海裡的生物，甚至有些根本來不及看清楚便擦身而過。牠們的名字似乎不重要了，對於我的笨拙與恐懼，大海沒有推拒我，只是溫暖地包覆著，慷慨地向我展現她所孕育的萬般美麗，那無法重塑、充滿驚喜，無法用人類有限的智識來描述的海洋世界……那是我與海的初次相見，卻始終念念。

我想，我一定遺落了什麼，在那片海裡。

也許是在嗆水時吞了幾口苦鹹的鹽水，與海交換了體液；抑或是在浪裡掙扎亂踢的瞬間皮屑刮在了鋒利的珊瑚礁上，留下了基因的線索，總之海神一定記下了我的體味，順手黏貼了一片透明的魚鱗在我的身體裡，作為標記。否則，我怎麼會如此想念呢？

那次之後，我常恍惚聽見浪聲。

在夜不能寐的山城裡、在再次造訪的水族館走道間、在密閉如監獄的高中宿舍裡、在書頁翻飛的瞬間，我都彷彿聽見了浪潮洶湧的聲音，勾引著我像是張作驥的《美麗時光》裡，范植偉不斷被追著奔跑在曲折迂迴的巷弄之間，最後無處可逃地一躍而下的髒水溝，瞬間竟通往了繽紛湛藍的海裡——那麼魔幻卻又真實地，開創出了屬於自己走向海的逃逸路線。

初識山

其實我，記不清是哪一年了。

1

我穿著母親的白色毛衣，毛衣正面綴有幾顆珍珠，外罩一件老氣橫秋的紫色厚背心，配一件稍大的黑色運動褲，褲上幾條鮮豔的彩線，雙層內裡充滿空氣時臀部會顯得鼓鼓的，褲管在腳跟處收緊，簡直是一個四不像的不倒翁，此外，還配戴一副金框的圓眼鏡。

第一次上高山，我不知道應該要穿什麼？山上很冷嗎？有多冷？我沒有足夠保暖的衣物，母親塞了毛衣給我，我還是不太清楚，穿這樣夠嗎？

聽說是海拔三千公尺以上的地方，母親帶我和妹妹去買毛帽，我毫無主見任由愛打扮的妹妹決定，跟著妹妹選了一頂黑色滾邊的廉價毛帽。

那是一個拮据又幸運的年代，什麼都不懂，什麼都湊合著用。沒有毛襪，那棉襪穿三層，總可以吧？找不到大外套在哪，用爸爸冬天騎機車擋風的外套吧！手套……妹妹不知有沒有多的？要去夜市買嗎？

一直記得我穿得一身東拼西湊來的厚重衣物，把自己裹得像肉粽。顛顛倒倒從車內走出來時，迎面撲來那一股冷冽清幽的氣息。空氣裡有草香，乾淨芬芳，瞬間把那些亂七八糟瑣碎如麻的擔憂或想像都化為烏有。我望著連綿起伏的青色山巒發呆，這就是高山啊……

迴身，望向爸爸開車載我們上來的中部橫貫公路……山怎麼能，劃出那麼漂亮的線條？山裡怎麼會，存有如此明朗清淨的畫面？記起方才坐在後座的自己，怎麼也捨不得把頭偏離窗戶，只是眼巴巴地往外看，捨不得當下溜逝的每一刻，車子走過的路徑好似能把山延展開來似地，我的頭一直尾隨流逝的風景，往後看望，黃色的公路欄杆襯著灰黑色的柏油路，白色的油漆標線那麼顯眼，像山間一條彩帶。山是綠色的，深深淺淺不同的綠，草坡綿延，其上的天空……那是天空嗎？怎能那麼藍？藍得不可思議……一邊看一邊在心裡頭刻畫：藍色、綠色、黃白色、灰黑色、黃色，這幅公路山景，我不要忘記。

而今，車停了，我得以專注地盯著不動如山的所有，怦然心動。天地之大，是山告訴我的。

「爸，你說這裡叫什麼？」

「合歡山。」

這三個字，我記下來了。

清楚地記得，我呼吸了好幾口高山冷冽的空氣，稀薄的空氣讓胸口有些緊窒，但我不在意，只是大口呼吸，這我沒呼吸過的空氣，以確認自己真的在這裡。

這與我所知道的世界相去太遠。

2

外公撒手人寰不久，死亡的氣息猶存，喪禮過後，好長一段時間我在學校都緊閉雙唇，沉默是我面對死亡唯一的抗議。如果人生什麼都終將失去，那活著也不過就是一場緩慢等待一連串失去的艱澀之旅，面對突如其來的失去，我不知如何自處。那是我頭一次看見母親崩潰痛哭，之於生命一去不復返，之於無常的苦痛，我難以消化，那段時間家裡頭滿是抑鬱糾結的氛圍，我和妹妹自身難保，不知道怎麼安慰媽媽，經過媽媽房間時，會望見她坐在角落垂淚的背影。

這是爸爸帶我們上山的動力吧？應該也決定得挺臨時，才會手忙腳亂地打包，無論如何東拼西湊也要想辦法離開家，到遠一點、高一點的地方去。一家人這樣抵達合歡山，但沒有一個人說破。

看到層巒疊翠的高山景致之時，胸口積累的煩悶不知為何真拋到九霄雲外，這個世界是陌生的，寬廣且層次分明，讓人通體舒暢，這個世界……也是我的世界嗎？

車子停在合歡尖山前，媽媽坐在車上兀自怔忡，爸爸倒是興致勃勃說要去爬山，妹妹支支吾吾地應聲：「蛤？很高欸……」我望著尖尖的山頂，莫名生出一絲嚮往，那嚮往像芽，自底心鑽出，快速生長，探向山的那一端。啊，要爬上去嗎？真的可以爬上去？

那嚮往引我直勾勾盯著山，好奇騷動，只能不住仰頭，陽光刺目讓人看不清山頂，我想知道我可以走多遠、我想知道從上頭眺望會看到什麼？我未意識到這是我人生首度想要「登山」，就在公路旁，一座小小的冰斗峰：合歡尖山。（彼時愣頭愣腦，一家不知路旁還有個登山口，通往最親民的百岳石門山。落差不大，走來輕鬆愜意，但我們什麼也沒看見，眼中只剩下這座尖山。）

母親顯得意興闌珊，說她不爬，她陪最小的弟弟在車上等我們。

我探頭進車中，同爸爸慫恿了媽媽好久，她仍是不為所動。隨後我睨了一眼身旁的妹妹：「妳該不會因此退縮吧？」妹妹半推半就地，這樣被我拉去了。

事實上，我一點也不喜歡爬山，小時候最討厭爬壽山，混在一堆阿姨叔叔的隊伍裡，鬧哄哄一片又累又無聊，好不容易走到山頂，喝口茶後又往下走，到底，為什麼要這樣爬上爬下呢？我不懂。

而今，望著角錐型的山頂發呆。

好奇怪的感覺。我嚮往、我嚮往啊，嚮往上面的風光，為這莫名其妙的騷動感到難耐，便不自覺動身。

一路上除了氣喘吁吁，大概也沒別的好說。合歡尖山路程不長，卻很陡，爸爸走在前頭，時不時會停下來等我們兩姊妹，我只顧著看路，哪裡有滑坡須避開、哪裡有石塊可以踩，部分路段還需手腳並用才行，「爬！」心裡只剩下這個動作，汗水自額頭滑落到面頰。

沒有大樹庇蔭，夾道的箭竹或高山花草我全沒看在眼裡，也許連地上跳走的金翼白眉都輕易錯過，累的時候，就停下來，看望周遭層層疊疊的山稜線大口喘息，起伏的胸口告訴我這就是爬山，我正在爬山，有那麼一刻，我有著奇怪而明晰的存在感。

妹妹跟在後頭，充滿好奇心又古靈精怪的她此刻卻只會唉唉叫：「好累喔——」我偶爾為下方的她加油打氣，好在有妹妹作陪，兩姊妹登頂也不孤單。

山頂上，我央求爸爸為我和妹妹各拍一張獨照，我以半跪之姿蹲坐在山頂上，對著鏡頭微笑，那笑容不同以往，我的神情滿足，一切顯得驕傲。

那是我人生第一張，登頂照。是父親帶我上山，為我作證。

3

很久很久以後才知道，我是在那個時候長出翅膀的。父親無心插柳，日後，成蔭的嚮往領著我飛翔，那時我當然不知道此後將踏上登山者的生命旅途，只知道世界原來那麼大，廣袤豐美的山谷慰藉我外公不在世的悲傷，逝者如斯如千變萬化的雲彩，無聲無息隱沒在山裡。風帶來箭竹草葉的清香，視野無盡，站在這裡，彷彿能鼓起勇氣跨越死亡這一座山……不，我跨越不了，但風能輕拂我，一如輕拂山腳下的母親。山領著我看見層層疊疊窒礙難行的道路，如生命之路。而眼前的父親為山代言，若不是他，我怎麼有機會上來？瞭望四方，爸爸難以掩飾對奇萊山系與中央山脈的讚嘆，而我終將明白我會繼承父親探索世界的熱情。只是妹妹百無聊賴，不若爸爸和我處在興頭上，逕自嚷嚷可以下山了嗎？媽媽還在下面等呀。

其實待不了多久，高山的風冷冽，吹得人簌簌發抖，下山前，我有點捨不得，還偷偷看了一眼山頂才下行。

事實上，合歡尖山全程步道只有四百公尺，若不多做停留，上下也不過一個鐘頭，尚不屬百岳之列。但在我的心底，就是一個里程碑，有著舉足輕重的分量。

下山後，妹妹拉著媽媽去買貢丸湯，小小一碗貢丸湯要價五十元，熱呼呼的一碗湯啊，在偏遠的高山何其珍貴，光看著熱騰騰的白色煙霧往上冒就感到口水直流……妹妹，我也要，拜託分我一點嘛！一口咬下貢丸，瞬間感覺生命充滿希望，一切都閃閃發光。「啊，最後一顆，不可以全部吃完！」妹妹大叫。

一直記得站在合歡尖山腳下，我和妹妹是如何為了一碗貢丸湯的溫暖和貢丸的美味大呼小叫爭食搶奪，好似第一次認識這湯品。

「好爽！」那時我想。

大概就是那種狂野豪放的熱情和難能可貴的珍稀感，讓人念念不忘。事實上那也就是一碗尋常的貢丸湯，只是荒山野地讓人將所有的「得到」都放大，一切的理所當然也就跟著不尋常了起來。

那時松雪樓尚未改建，多功能遊客服務中心還是老舊的合歡山莊，溫暖的咖啡香、茶葉蛋或肉粽都是痴人說夢，如同設計新穎的排汗衣或防水透氣的 Gore-Tex 外套，這些條件不是遙不可及，是想也沒想過。但總也得經歷過那時期的青澀與簡陋，我們不需要多、不需要配備齊全，一件白毛衣、紫色厚背心、黑色雙層運動褲，和一碗貢丸湯，已足以供應我全部。

矮矮的箭竹草原匍匐在山的胸脯上，深綠的冷杉林如山的毛髮，山巒起伏如一呼一吸，大風吹，雲朵飄移，只是安靜地看著山稜線環繞，就莫名感到安心，像被擁抱、被保護著，彷彿就算什麼都失去了，山還是會在。我沿著鮮豔的黃色護欄在公路上奔跑起來，好快樂，那種被包覆的自由，不知是山給的，還是家人給的？爸爸領著一家五口站到一面斑駁的石牆前，說要拍全家福，石牆生了青苔，灰灰綠綠的牆面上嵌有三個大字：「松」、「雪」、「樓」。許是路人為我們拍了合照，照片裡的我們看起來都稍顯生澀，服裝敘說著時代更迭，那與當今時髦百變的登山休閒服飾全然不可同日而語，我卻深自珍惜。我們沒有笑得燦爛，只是嘴角微揚看向鏡頭，弟弟還皺著眉，一副不耐煩拍照的樣子。

4

回家以後，媽媽將照片洗了出來，我揀出爸爸在山頂上為我拍的獨照，特意跑去買了一個黑邊的相框，將這張獨照小心剪裁並置入相框，放在書桌前，煩悶時看一看，彷彿就能回到那天大地大的山野間，在公路上奔跑著呼吸著……這麼渡過辛苦煎熬讀書考試的歲月。

多少年後，當我在大學宿舍的樓梯間偶然看到牆上貼著「合歡群峰大眾化」的招生海報，我的眼盯著「合歡」二字不放，心底湧現的是那連綿的青山，將所有鬱悶緊窒一掃而空的神奇魔法。背上隱形的翅膀輕輕顫動，但我沒有聽到，沒聽見翅膀隱微的顫動聲。

有什麼東西即將甦醒嗎？咒語便是「合歡」。

就在妳的老家——埔里之上。

第二部

匯流東岸

交會於大學校園，在一個炎熱的午後，她們決定一起走向大山大海的東岸。那是生命中共同對探索邊界最初的啟蒙，橫越了大武山，南迴公路沿岸拍擊的藍色海岸（洋）收服了她們的視野，在不斷的出走與回返之間，她們一同見證著東海岸的環境變化。

日出太麻里

是呀，中橫的終點，正是我的老家埔里。

而我卻因為後來在海邊工作之後，才那麼頻繁地開車橫越合歡山的。

1

每回過年，當新聞又再播出合歡下雪的畫面，身後一堆賞雪的民眾，我就擔心回家的路塞車。上山必備的雪鏈長年跟在我的後車廂，每每過年回家前就躍躍欲試，五金行的老闆總是不可置信地望著我說：「妳一個女孩子開中橫啊？妳會上雪鏈嗎？」每回我帶著胸有成竹的帥氣向老闆伸出大拇指，但可惜的是，迄今多年陪我上山下海的「夥計」已從吉普車換到房車了，卻一次都沒有真正用上雪鏈。我從未趕上合歡飄雪的時節，路面結冰也已化開，賞雪的人車全集中在松雪樓一帶的景觀臺；從花蓮回埔里的這條中橫之路我不用在合歡折返，得以完整地體會沿途的景致，沿路的殘雪、融冰，紅楓松羅，岩壁上的虎杖綠了又開花了到乾枯成金黃色的美麗種籽、筆直入霧的松針林常引得我下車沿路撿拾未被車流輾碎的松果、還有快到霧社那段美不勝收的紅櫻呢，滿山的豐美總讓我懷著與情人幽會的心情，興奮又期待地享受著那六小時的山路。

身邊聽我描述過回家之路的人們總擰著眉頭說很遠，我卻覺得那是老天獨賞給我的幸運，獨享山道上青苔殘雪斜影，山的靜默與密語唯有敏感善解的心能讀懂蘊含的詩意。我喜歡獨自開車奔馳於山路上，其實不僅是中橫，臺灣島上幾條天險一般的橫貫道路都為我所偏愛。也許正因為身處東岸花蓮，到島上任何一個區域都顯得迢迢：往北那條充滿爭議的彎彎長路蘇花、往南那道備受大海侵蝕考驗的台十一線藍色公路、以及橫貫中央山脈敏感易崩的橫貫公路，每一條都是我時常跋涉奔馳的日常風景。

每回向家人說起，爸爸就說我像匹野馬，單憑一身憨膽，叱吒大江南北。但其實有趣的是，從小我運動神經不佳，走路常常左腳絆右腳跌得鼻青臉腫，光是在夜市玩電動小車一啟動我就撞沙堆，哪像反應敏捷的妹妹一樣駕馭自如。為此直到十八歲可以考機車駕照時，爸爸堅持只讓我考輕型機車駕照，理由是：「因為只要考筆試啊，妳路考絕對不會過的啦！不用浪費錢。」當時內心充滿恥辱感卻無力反駁的心酸，日後成了必定要讓爸爸刮目相看的倔強。

所以，當大學時期我們雄心勃勃地規劃一趟東岸壯遊時，背包、帳篷、地圖、路線、糧食和緊急連絡電話都近乎完備之後，妳抬頭隨口一句：「重型機車駕照要帶喔！」我吶吶地說：「我只有考五十 c.c.的駕照耶……」我永遠忘不了當下妳半晌說不出話那個不可置信的表情。

2

「妳說什麼！後天就要出發了耶！現在給我去監理所考！」接著一陣雷劈似的怒

吼，充盈在夏日老房子明亮炎熱的午後，木格子窗震得嘎嘎作響。

第一次兩個人的東海岸旅行，一切都是新鮮且匆促的。

在這一趟旅程之前，我充其量最遠只有從臺南火車站騎到黃金海岸的經驗值，從未「遠征」過二十公里以上路程；但這一次我們規劃了五天的時間，從臺南出發一路往南預計從高雄、楓港經過南迴，接台九線與台十一線的共線終點，轉進大武山，再到金崙、香蘭、太麻里、都蘭、成功、長濱、石梯、鹽寮，最終點到花蓮——且不論山路崎嶇砂石車密集，這段路程前前後後加起來可是將近四百公里的距離！

多年後總講起這一段過往，聽者莫不為我倆雙騎走天涯的勇氣鼓掌，然而實情只是因為我們真的太窮了，一想到火車票、住旅館、吃餐館，每到一個小鎮還要額外的交通，思來想去都只有機車、帳篷、爐頭、罐頭一途負擔得起。也正因此我倆大背包加帳篷的行當，省不了空間，勢必是一人一輛機車。初次的裝備一切都是借來的，幸好妳有登山社的人脈和好交情，我倆如同在平地裡登山一般慎重，當年臺灣尚未流行露營，裝備來自價格高昂的登山用品店，登山者的裝備破了又補，睡袋晾了又晾，我從未參加過妳的社團活動，卻因為是室友的關係，倒也結識了一票「成大山協」的山野好手們。

於是，妳帶著白紙一張的我，以眾人情義相挺借來的裝備，從背包如何防水、分層打包開始教起，彷彿要把畢生的武功傳授給我；而我為了不拖累旅程非常努力地成了妳的「徒弟」，將妳的交代奉為金科玉律：最重要的東西是頭燈和打火機，一定要放在頭袋；車發動後和熄火前要待機一會兒；選營地不能太早，否則會被壞人盯上；營地最好選在有水源的地方，方便取水煮食，但又不能太醒目，最好有遮蔽物；帳篷的營柱要先攤平，兩人合力撐起來再一一扣上內帳；進帳蓬前要鋪一層地布避免潮濕；睡覺時要把大背包收進外帳，有吃剩的食物一定要收乾淨以免野狗來翻……

如此細心且不厭其煩地叮嚀，如今想起來要帶一個旅行經驗值為零的生手出門，還真是非常人能有的勇氣。而我卻因為在大二暑假的那次出走，第一次知道了原來我不是只能考筆試騎五十 c.c.的肢障少女；原來能走多遠是用意志度量出來的，而非讓他人來定義我的能耐——所以妳知道嗎？妳教會我的不是旅行和流浪，而是喚醒了我長久斂起的翅膀，告訴我世界之大，可以自在飛翔。

如同一個神奇的按鈕開關，行走的能力一直存在於某個身體的暗處，只等著被摸索開啟，瞬間便燦爛成一室敞亮——以至於在畢業後我獨行美國探訪獨立書店，莫拉克風災後開著吉普車在重災區蹲點闖蕩，瀟灑自若橫越中央山脈、蘇花、南迴等種種一個人獨行的冒險，都構不成令我害怕的暗影了。

3

我聽說心理學裡有一種「初始理論」，意指在行為過程中，最先接觸的事物會給人留下深刻的感受或認知，影響人對事物的感知和判斷——對我而言，在那一趟的東岸之旅，似乎就形成了這樣的作用。

彷彿新生兒第一眼對世界的認識一般，過去隨著家庭旅行從爸爸貼著褐色隔熱紙車窗看出去的景致彷彿失焦一般快速飛閃，只強化了我暈車的不適感，並未對我留下無可磨滅的印象；反而是這一趟我們共同規劃、騎行、在迂迴山路裡時而滑翔時而鑽躲的風速、煞車皮氣味、右手指結磨出的繭、沿途選定營地的涼亭、從此鎮到彼鎮的名稱地貌與公里數，真真切切地讓我意識到移動、感受到距離，突然之間我能夠度量時間和空間的關係，看懂這一片海岸和下一座礁岩之間各擁風情的細緻魅力。

在長長的騎行之中，每遇到加油站或便利商店我們會停下來補給、休息，長時間維持著某個姿勢騎車對於青春的身體而言並不辛苦，反而在這樣不斷往前的移動中感受到心靈的寧靜。途中較為挑戰的是橫越舊南迴近乎兩小時的山路，行經大武之後到香蘭一帶的路況也不輕鬆，我們第一站的目標是太麻里，據說人們曾在千禧年時熱烈湧進太麻里沙灘，只為了感受第一道曙光照射島嶼的神聖時刻。在此之前我僅在照片中看過太麻里的空照圖，隨著丘陵線比鄰而上的建築與作物密密麻麻地分布在台十一線西側，東岸緊鄰山海，耕種的腹地不大，部落往往依著山腰上聚集叢生；而台十一線畫分了到海邊的路徑，以東是太平洋，也是原住民族重要依海為生，採集、捕魚與舉行海祭的所在。

我們騎行到太麻里時已近黃昏，然而溫和的暮光卻全然不損一個彎道後撞入眼簾那片廣袤太平洋的震撼，我的視線經驗了一次全然的衝擊，海天一色的湛藍純淨美得危險，我幾乎忘了轉彎時要按下煞車，前方的妳依舊飆騎得飛快，我只得一面按捺著加速怦動的心跳，視線盡量專注在前方的車道上。直到妳放慢車速開始尋找今晚的營地，我才得以驅車超前對妳說：「崇鳳，我們找個一睜開眼就看得到海的營地吧！」

妳罩著安全帽點頭說好。

4

我猜想著在剛剛一路，妳我二人乘著青春的風，在毫無遮蔽的藍色公路各自翱翔的時刻，妳必定也領略了滿心激動的狂喜。這裡是太平洋耶！我們越過了島嶼的另一面，這裡的海是瘋狂的、極致的、各式各樣的藍，我貪婪地移不開目光，深深地被光影斑斕的海色所吸引。

然而漸暗的天色不容許持續浸淫陶醉了。迅速地找了一處營地，就在濱海木棧搭起的涼亭，我倆趁著夜幕降臨之前戴上頭燈，分工合作搭起帳篷、鋪好地墊，接著從大背包裡掏出爐頭、打火機、鋼杯等簡易的工具，再煮水、下白麵條，拌著肉燥罐頭兩人輪流共食，另一個鋼杯煮著康寶玉米濃湯，就成了我倆果腹的晚餐——如今想起來，年輕時第一次行旅憑藉著妳登山的經驗與裝備，一切都講究輕裝，為了背上的重量斤斤計較，當時不以為忤反而新鮮，只覺得這就是流浪的滋味吧！竟沒想到時隔二十年之後，汽車露營旅遊又在島上風行起來，那營地、設備，簡直如同戶外行宮一般華麗。雖說是後見之明，但當年的我們是否可以自詡是貧窮旅行的先驅呢？

沒有豪華的烤肉、美酒、營造氣氛的裝飾燈，我們的夜晚在囫圇飽餐一頓之後卻是安寧且悠閒的。戴著頭燈，各自在帳篷外一角涼亭處坐著看暗夜的海，妳勤奮地趴在地墊上，一字字寫下旅行日誌，總是這樣的，在書寫上妳是勤奮的紀錄者，而我一開始只是模仿著妳，怕自己忘得太快；到後來偷懶就用畫的、或者拍照，只記錄當下最有感的那一個時刻。

吹著海風，我望著遠方漁火點點，近處的海灘上有一簇火光，漂流木燃燒的香味構成了夜的氣息。我凝視著黑暗中隨著氣流冉冉爆裂上升的星火，一邊聽著妳用隨身音箱播著 Lucinda Williams 的《Essence》專輯，低沉沙啞的嗓音慵懶地迴盪在夜裡，迷人得不得了，我幾乎要醉在那樣的浪漫裡了，那永遠活在太平洋畔的青春啊，我曾這樣放浪地行走過。

夜太熱。

我滾出帳篷面朝星空，就這樣任夜露帶著些微的鹹味凝結在臉上，管不了蚊子了，白天長途的騎行讓我即便夜不安寢也終於沉沉睡去，直到凌晨四點多，漸亮的天光和越來越清楚的海浪聲一波波拍打著我的夢境，恍惚中還聽見長長的海灘上，遊人趕著牛經過的蹄聲與鈴聲，意識漸漸醒覺，這不是平日安穩的被褥床間，而是天為帳、地為被；海潮之聲為晨號的太麻里海灘。

我一翻身睜開眼，如夢似幻的海溫柔地漾著藍，海上氤氳著水氣，彷彿籠罩著一層柔紗，而沿著島嶼邊緣南北迤邐而去數十公尺白色沙灘，身後椰子樹綽約搖曳，彷彿置身夏威夷海濱，這南國的氣息漸漸迎來了海天一線那端的日光，鵝黃色的雲彩一絲絲滲出了金黃色的圓日，星芒狀的光亮瞬間刺目了起來，太平洋的藍色漸漸起了變化，既柔美又朝氣蓬勃，我腦中瞬間迴響出胡德夫的那首〈太平洋的風〉，不停地、不停地回唱著……

「最早的一件衣裳
最早的一片呼喚
最早的一個故鄉
最早的一件往事
是太平洋的風徐徐吹來

吹過所有的全部……

最早世界的感覺
最早感覺的世界

舞影婆娑在遼闊無際的海洋
攀落滑動在千古的峰臺和平野
吹上山吹落山吹進了美麗的山谷
太平洋的風一直在吹

最早母親的感覺
最早的一份覺醒……」

那一片斜屋頂

後來，我才慢慢理解，年輕時高頻率的出走成功，其實暗喻一種危險。與行旅無關，而是在往後的人生之路上，我們勢必因脫軌遇見的美麗，而對既有的安全道路感到質疑。我們會跌跌撞撞地走、摔得鼻青臉腫，並為生活的侷促窘迫感到無盡荒涼，還是不後悔。

如同御風而行順著公路一個轉彎，無邊無際的悠悠湛藍猛地躍入眼簾那一刻，我看到完美的圓弧，藍線邊緣閃耀著白光，那是我第一次意識到「地球表面」是什麼意思；而在海邊的咖啡亭、或路邊的糖廠，見證人們用自己的力量開拓各異的生存之道，只為活得更貼近自己，也令我開了眼界，生命大可以選擇不同的軌道前行。

1

那是一個炎熱的初夏。

實在不知道我們怎麼在走進一間咖啡館後，莫名其妙變成外場小妹的。並肩旅行隨心所欲，隨時可能因一個人一家店一個天外飛來的機緣駐足，甚且留連忘返數日……幸而我們從未有旅行計畫，靈活的開放性織就了旅程的七彩光華。

那是臺東加母子灣旁的咖啡館，招牌「象牙塔」用幾塊廢棄漂流木和生鏽鋼筋打造，高掛在路口，粗獷的手作風格令人印象深刻。阮囊羞澀的年紀，走進咖啡館消費都要鼓起勇氣，一個膚色白皙、長髮過腰的纖瘦女子走來，詢問我們要點些什麼。「這是老闆娘嗎？」妳睜大眼問我，我點點頭，覺得不可思議。

我們這樣認識了梅姐。

妳第一眼便選擇第五桌。打破一般小陽臺的想像，設計者直接在半圓形的陽臺地面上打造桌椅，大膽用鋼筋將漂流木椅延伸出陽臺現有的空間，牢牢安置後，那位置便懸在海灣上空了。

幾個夜晚，店關了以後，我們在那或坐或躺，一本書、一張明信片、一枝筆，便耗上一兩個點鐘。有時甚至刻意分開坐，我獨自在那裡怔怔對著暗黑的海灣發呆許久，靜聽一波波海潮，廣深的靜謐感在體內蔓延滋長，有時，我能聽見某種遺忘已久的集體嘆息浮現——人們這麼忙碌，到底，在追求什麼呢？

一夜，妳拉了梅姐過來，在我們的慫恿下拿出琉璃珠項鍊、漂流木髮簪和圖騰手環……我們圍著那個神祕木盒子不停驚嘆。梅姐說這誰做的、這誰送的、這哪個節日有的……我拾起其中一支髮簪，碰觸到原住民扎實的力量，每個物件都有故事、情感以及記憶，如同象牙塔每個角落的細節，其張力和創意難以言述。我們追問更多，「這裡……什麼都自己做啊！」、「自己去山上砍草，自己鋪屋頂。」、「節慶時有山豬，豬也要自己殺喔。」……好多個自己、自己、自己冒出來，之於什麼都自己來的生活，我不得不感到驚愕。

「日落排灣」四個浮雕的金屬字落在牆上，阿古還沒回來，幾個女生懸在海洋上空，為精緻的手工藝術與深邃的臺灣文化歡呼鼓譟，無比迷戀——打造這空間的幕後使者是誰呢？

阿古不常出現，卻在妳我初次走入象牙塔時便巧遇。那時他剛從海下回來，黝黑的皮膚還光潔地閃著水珠子，剃了個光頭後腦勺卻留了一撮小馬尾，他抬頭看了一眼我們：「要不要去潛水？」

「蛤?!」有人這麼唐突這麼興之所至的嗎？

妳湊過來跟我說阿古好帥！我盯著陽光耀眼的他，再看看吧檯裡的梅姐，懷疑這是哪齣《神鵰俠侶》的電影場景。那時我們還不知他有驚人的潛水紀錄也付出潛水夫病的代價；而我們當然也想不到，那就是我們最後一次見到清醒而神采奕奕的阿古。

此後，遇到的阿古永遠是醉的。或微醺、或半醉、或大醉。

2

一個灰濛濛的早上，阿古領著我們爬上象牙塔頂端，離開一樓的店面，經過二樓臥房，走上三樓，三樓是一個尖塔狀的小閣樓，推開閣樓的門，便見兩面斜斜的屋頂。阿古一聲不吭，這麼走了過去。「屋頂可以走？」我們驚呆了，亦步亦趨跟著。不多時，我便在屋頂上自在來去，好不興奮，如完成小時候某個願望。

不僅可見清晰的加母子灣全景，包含灣口外的太平洋、台十一線公路以及後方的海岸山脈，三百六十度皆盡收眼下。

隨後，各自在屋頂上坐下來，面朝大海。

「謝謝你，以後我要每天上來看日出！」妳笑得燦爛出奇。

「太陽落下去的地方，就是我的家鄉。」阿古指著遠遠的山頭說。他還能清楚辨析出屏東牡丹的位置，即使正在宿醉中。

我嗅聞出背後那一點苦澀難解的鄉愁。

事實上，阿古從不掩飾。「你覺得有什麼東西是可以一直留在身邊的？……沒有！所以就不要太執著。」阿古說。

已習慣他隨心所欲不按牌理出牌的脾氣，不論拋出什麼大哉問或任何神妙的回應，我們都照單全收。

「妳們有沒有什麼信仰？」阿古望向大海的眼神沒有焦距。

「有。」妳不假思索，快速應聲。

「什麼？」阿古轉頭。

我一直沒忘阿古專注盯著妳的眼的樣子。

「我阿嬤。」妳說。

我心底一驚，隨即看到阿古訝異錯愕的臉。

我們都，沉默了。

「我阿嬤就是我的信仰。」妳再度朗聲說，溫柔明晰的口吻在海風中是那麼天經地義、那麼無懈可擊。

我失笑，看向大海，為這片海洋的牽引感到不可思議。若沒有這些相遇和碰撞，那些渾沌不明的生命風景不會為我們揭開面紗，如黎明海上迷濛的白霧，會在旭日一點一點升起之時緩緩散去，但那並不代表從此光天化日，黑夜仍舊會到來。

那一刻，妳的回答、阿嬤的存在，在阿古的眼中凝結了。

那是幾次短短碰頭中少數令我印象深刻的畫面。其餘時刻，阿古不是不在家，就是醉醺醺左歪右倒難以對答，每回看著踉蹌的他，總覺有股濃烈的悲傷，衝來撞去找不到出口，關於遙望的老家、關於山也要BOT海也要BOT、關於水漲船高的房租、關於藝術到底該不該販售、關於生存與生活的尊嚴、關於潰堤的情感何處宣洩……那時我們是那麼年輕，面對每次他回來，輕鬆自在的氛圍就會一變，沉沉往下墜的情況總是手足無措。後來，我甚至希望阿古不要回來，只要他在，場面就會失控，梅姐看著他的眼是那麼哀戚，然而我知道那只是我無法應對現實深重的無力感，相對於學校與課堂，這裡根本是另一個世界。

但梅姐不會離開，一隻靈敏的黑犬相伴，顧著店、守著家。一個女人，是如何用她的堅忍她的韌性咬牙撐著，我們看見了。喜歡陪著她，端盤子、洗碗或閒聊都好，海邊的象牙塔因有我們的吵吵鬧鬧而有了青春活潑的氣息。

就這樣，我們三不五時便經過，或說回去。每逢寒假、暑假或春假，只要背包上肩、帳篷一放、機車一跨，便穿越南臺灣的海岸線而來。

「妳們真的把臺南當隔壁村在騎欸……」有次梅姐看到甫停下車的我們，忍俊不住笑出聲，我聽出背後隱匿良好的開心，寂寞終會散去。

鄰近的村子都蘭並不遠，偶爾我們驅車去都蘭幫梅姐採買食材、或買桶仔雞回象牙塔加菜。偶爾我們會刻意走路進村子，回程往往擔心梅姐等太久，就小跑步回去。汗水微微潤濕風中時我有些恍惚，怎麼明明是旅行，卻好似住下來生活了似的？

海浪不止息喧騰，一波一波打來，如某種規律的嘆息，星空燦爛，第五桌靜靜等著我們。

3

象牙塔結束的那一個春天，我蹺掉了一堂課的期中考，與妳相約奔赴。那閒置空間因阿古的改造和梅姐的照顧，幾年間變得炙手可熱，人們幾乎遺忘了早幾年那是一幢沒人敢要的「鬼屋」，租金年年翻漲直到他們不堪負荷，梅姐決定搬遷。

最後一次在這裡相會了，梅姐說屆時他們能拆的就會拆，能搬的都搬走，一點不留。那個早晨我們在象牙塔內作最後的巡禮，我站在樓梯間的窗前發愣，連續幾面大窗都破了，破得真美，是颱風吹的還是阿古打的？碎裂的鋒利銳角無所畏懼留在原處，部分窗面刷上藍色與綠色的顏料，還是那麼盡情揮灑，包含深不見底的悲傷、理想、愛以及熱情……站在破窗面前，我初次理解到：別害怕破裂。破了便破了，破了以後更叫人屏息——那不規則無可預測的裂紋與邊角啊，反而切割出壯闊深遂的未知，穿透窗戶本身，打通屋裡屋外，但玻璃的存在，又深切提醒著內外有別。

遠處的杉原海水浴場已不在，「美麗灣渡假村」建案正逐步施行，相較於渡假村築起又高又長的鐵皮圍籬，將人全然隔於千里之外，這破窗的存在實在是太天真太可愛了。

妳說，妳害怕道別，該怎麼勇於說再見？妳難以面對別離的時刻。我問，妳說的是人、是塔、還是海？

在窗角偷偷撿了一片藍綠色的碎玻璃，包起來決定帶回學校。老實說我不知道留著一片碎玻璃能幹麼，要紀念什麼？會提醒什麼？就像那一個揹到發黃的都蘭國中書包，深埋一個小村之於我的意義。多年後這書包風靡全臺，都蘭村街上每家店都掛起書包販售，許多遊客到都蘭都會順手買上一個，因臺語的諧音讀來詼諧、因它象徵著到此一遊，我突然明白了資本主義運轉的模式，而讀懂了誰自甘墮落的憂傷。

4

往後幾年，我們依舊在東海岸台十一線上快意馳騁，大片湛藍是安穩的慰藉，天寬地闊無處不是家。我一邊瘋騎一邊豪邁地打開雙腳，自以為在演什麼乘風破浪的電影。陽光永遠也不會死掉似的。

但阿古死了。

某天他在卡車上協助搬運漂流木時發生意外，一聲不吭地走了。梅姐隻身回到馬來西亞老家，據說阿古多數的作品，都隨著她運到了一間地下室。

閉上眼，我就看見那一片斜屋頂上坐著的我們，他指著日落的山稜線：「起手不回隨風去。」而我們仍痴痴地等待著日出。

5

八年後，先生陪我走進了這裡。

我說，來看日出。

下加母子灣的小路不見了，它整條消失，從記憶中硬生生地被抽掉，彷彿不曾存在過一樣。當年的象牙塔幾經轉手，變身為獨木舟工作室或餐廳或其他，卻沒一間順利經營起來過。於是這棟房子，又被重新叫回了「鬼屋」。

我不相信小路就這麼硬生生被填起來；不相信隔壁原有施工法規問題的民宿，而今竟已完工，端莊簡約如同白雪公主的城堡。

突然變得不認識這裡，眼裡只剩下那一片斜屋頂。

清晨六點，我走進來，直上象牙塔屋頂。

樓梯還在，空間的氣味熟悉，記憶蜿蜒穿過底心。一步一步走上去，樓梯比印象中還更斑駁更脆弱……我早就知道、早知道人事已非，為什麼這兩層樓還是這麼漫長？每走一步都像浮在空中。最後一小段樓梯前，小閣樓的門關緊了，沒有出口、沒有光。

之於看日出，我突然有些遲疑。

先生沒有任何包袱，他輕鬆走上前，把活動的卡榫扳開，推了推門。白光照了進來，小閣樓被「咿啞——」地打開了。

我認識這裡，和八年前一樣。

海浪拍打著岸，潮聲湧起又落下，日頭躍上雲端，天空被染成金黃色。

「這可以爬上去。」我指著斜板屋頂說。

「妳確定?看起來很危險……」先生說。從屋頂斜斜地順著滑下去，翻過幾顆石頭幾叢樹，就可以落海。

我越過他逕自走上去，屋頂粗糙的磨石顆粒，依舊能緊緊抓住鞋子。日出很美，海也很藍。海灣對面金色沙灘上的美麗灣渡假飯店，因環評爭議不斷，經高等行政法院判決業者被要求停工，開也開不了、拔也拔不走。而今一片死寂。我一樣坐在那裡，一片斜斜的屋頂上，看海。

多麼慶幸我們回不去了，多麼慶幸就算人事已非，我還記得這片土地所擁有的美好與哀傷、平靜與衝突。就因時間永遠昂首向前，我們才不再是浪漫的大學生，不再有長假可以御風而行，我們必須學習靠自己的力量生存，尋找一個合適的角色，參與並擾動這個社會，生命才有力量。

我很感謝，我們有幸看著一個海灣如何改變她的面貌；我們學會面對欲望，大地與海洋到底應歸屬於誰?想起阿古與梅姐，以及東海岸沿途相遇的人，因為他們的存在，因為他們之於房車、家庭、事業……的重新定位，我才有勇氣辨識出自己的渴望，並時時提醒自己，別忘了掙扎、別忘了相信。

引擎啟動之時，我就穿越了自己的孤獨與脆弱。該與過去道別嗎？我在風裡正視它、擁抱它，才看清黑暗中那一股微弱的光。

旅行的意義

「勉強說出／你為我寄出的每一封信／都是你／離開的原因……你離開我／就是旅行的意義」

——〈旅行的意義〉

這首陳綺貞唱遍了家喻戶曉的歌，在我敲下題目後，輕快的旋律就洗腦般地瘋狂在我耳邊盤旋不去；我懷疑誰能夠抗拒陳綺貞（吾輩青年，別說你／妳沒聽過那麼一兩首她的歌），如同懷疑誰能夠抗拒旅行的魔力。

1

回望青春時代徘徊於南都府城與東海岸之間來回的巡遊，便是我對「旅行」最初的啟蒙。一次又一次，在生命感到隱忍的時候無法安頓內心躁動，背包上肩就出走的每一哩路、每一道浪，都蜿蜒成記憶蜘蛛網般的細流匯集向海，反芻以大量的文字、速寫甚至油彩，在日後的漫漫人生裡反覆咀嚼，風乾後醃漬儲存的回憶，在沉潛十多年後開封品嚐，仍是如此意猶未盡。

於是後來，當我多次獨自行經東海岸時，總習慣性地在過往我們旅行的休憩點駐足：從島的南端要進入大武山前的枋寮海景總像是一段精彩的序曲，有幾次我們會停在楓港的便利商店做進山路前的補給；入山之後是考驗行車技術的綿延彎路，第一次騎行時我被迎面撲來的蜂螫到，前方的妳一無所知，依舊穿梭在砂石車陣中聚精會神地迎向下一個彎道；橫跨南迴群山之後迎面而來的平坦與遼闊，是面海雙層豪華涼亭的三和營地；太麻里的曙光營地和長濱則是我們願意花去一整個下午躺著聽浪聲放空的祕密基地；而小野柳休憩區裡瀰漫著舊式觀光氛圍的賣場商店我已不再流連，只是忘不了初次行經時向我兜售，半買半送熟成釋迦的老闆，熱情得如蒂頭流出的蜜那樣甜。

當然還有杉原海水浴場，妳提到的。我們見識過它親切張開整個海灣，歡迎人們攜家帶眷戲水奔跑的初始模樣，也經歷了海水浴場歇業後青黃不接的時期，荒廢的設施用鏽了的鎖象徵性地閂著，我們照慣例進去探險，發現牆內鐵皮多了許多漆彈的痕跡；直到它長出一落單調乏味的橘色建築群，通往海灘的路被圈限住了、環境影響評估不及格、原住民傳統領域被侵略，我們又跟著憤怒的群眾拉著黃底紅字的抗議毛巾重返這裡，心疼這座海灣多舛的命運，如同心疼不遠處加母子灣旁的象牙塔。

這段海岸線太多太多的故事，回憶還來不及往下走到都蘭糖廠和臭豆腐阿姨、金樽咖啡與海巡少爺們，我多次留駐在人去樓空凋零如危樓的象牙塔，經過拍張照或者再度走進去，試著從當年我們鍾愛的座位區凝望那片海景，想像著櫃檯後端著飲品搖曳生姿向我們走來的梅姐，和難得清醒、被我們央著提筆在鋪滿報紙的地上揮灑「浪廢人」三個大字的阿古，那狂狷與瀟灑曾令我們多麼著迷，如同梅姐的神祕與美麗。拾級而上，其後我不止一次走上當年阿古領著我們走去的斜屋頂，坐下來，一如當年的姿態，假裝妳和阿古就坐在身旁，我們各自揣著失落與夢想，那麼近又那麼遠。

而加母子灣始終寧靜蔚藍。

突出於海面的礁石依舊屹立，海濱植物匍匐著綠意，溫柔的海浪彷彿舔舐著記憶的傷口一般，以全知者的姿態安慰著故事裡的我們。

2

後來我才意會到，即便是曾有過深刻的交會，象牙塔的故事在我們所身處的世界裡，仍然是一則過於美好的傳說。

不論是阿古用漂流木和鋼筋搭建出來的懸海絕景五號桌，還是梅姐神奇木盒子裡盛裝的琉璃珠項鍊、漂流木髮簪和圖騰手環，這些讓我們驚嘆「什麼都自己做」背後展演的文化主體和生活細節，其實早已不是常態，而成了「藝術品」。

真正在小鎮上兜售給觀光客的琉璃串珠、圖騰、織布，來源多半是從中國大陸大量批發來的塑膠珠子，而那些帶有不同原民部落意涵的紋樣織帶、「轉譯」成商品拼貼成小錢包、手機袋上的斑斕圖騰，失去手繡的溫度複印成快速機器電繡的飾物，則成為美麗卻空洞的文化獵奇商品，為了滿足觀光客低價、速成的「市場需求」，手藝精湛的部落婦女們只得運用更低廉的原料以因應。

「什麼都自己做」的物件其實是藝術品，是歷經都市流轉而後旋身找一條回家之路的原住民藝術家，對自身母文化的追尋與致敬。

他們在全球化的強勁大浪裡逆著方向前行，艱苦而蹣跚地守護著傳統文化的價值與在地知識的驕傲，透過「作品」去呈現自身的信仰與堅持——此刻我又想起阿古極端的清朗與狂醉，卻有些遺憾。當時我們還太小，如初識世界的小犢，意會不了阿古那句「起手不回隨風去」背後的重量，而僅能如同阿古用酒精逃避自己一樣迴避了阿古的悲傷，倉皇失措地。

那時我們總是旅行得太長又太久，頻繁得讓人誤以為我倆便住在隔壁村而不是隔著一座海洋，瑣碎得讓自己都忘了身在異地。

也許我們不是胡晴舫筆下典型的《旅人》，反而更接近阿潑書頁裡《介入的旁觀者》。在島上飛車移動的那段青春歲月，我們往復奔馳在同一條海岸線上、在同一個小鎮的臭豆腐攤停車休息，循著座標似精確的位置紮營、探訪過去偶遇的路人直至變成朋友，把「再見」說得像句諾言而非道別——是因為妳，一向不擅道別、拙於回訪以迴避尷尬的我，才有這樣的勇氣一再地回頭去聽後續的故事，甚至參與在情節之中，成為異地裡日常的一部分；也因此我們能夠把「去」東海岸說成「回」東海岸，讓「去」海洋變成「回」海上。

3

我沒有忘記自己為何旅行。

不完全是出自母胎文青對「流浪」、「出走」一類天涯海角詞彙的迷戀，也不為了收穫路人們翹起大拇指對我們說「兩個女生，真勇敢！」的虛榮；我的旅行最大動機是因為大二那年遇到岔路的苦澀戀情找不到出口，迷失在一段長長的自我放逐和反覆折磨之中。那時我瘋狂愛上黃碧雲，只因為在她的小說中看見了暴烈溫柔的女子，終生只愛一個人的忠貞，對自由與完整毫不妥協的堅持，令人心生嚮往。我於是立志要成為她筆下煙視媚行的女子，以為自己能夠一輩子為沒有終局的愛情守貞，旅途中隨身帶著顏料與裁切好的水彩紙，每到一個駐營點便細細描繪眼前的海景，並寫下每一刻的心情，自製明信片沿線投遞給思慕的那名男子，彷彿走入森林中沿途灑下麵包屑記號的痴心人，執意在對方生命裡留下走過的痕跡。

起心動念之後，「離開」竟成了回應深陷泥淖之中的愛情，最響亮的解答。後來，那段無疾而終的愛情比我倆的旅行故事短命太多了，原來青春最大的優勢便是有機會不斷地嘗試、體會，遂在每一個心動的時刻都真心得足以死掉，卻也在每一段關係結束之後都意外發現，原來根本不需要為誰守貞，更重要的是忠於自己。

4

也許是海太美旅程太輕盈，也許是我倆流連太久把他鄉變故鄉，於是我們也逐漸變成了他鄉的風景——我們以為自己經過了他人的人生，但同時我倆也在他們的故事裡成為了不可磨滅的角色，比如對於「象牙塔」、對於當年金樽海巡的弟兄們，我們不是觀光客，而是被掛念甚至口耳相傳的一則傳奇。

記得嗎？我們會在金樽停留，就是因為梅姐的推薦：「妳們要往北騎的話，經過金樽遊憩區可以在那邊喝咖啡喔！那是我朋友開的店，從那往下望的海景很美。」當時我們還賴在象牙塔裡幫忙送送茶水，我心裡嘀咕著還有比這裡更美的海景嗎？直到我倆依著梅姐的提示造訪遊憩區的開放空間咖啡店，眼前一片遼闊海景、沙灘與陸連島景致依序迤邐開來，當下目光幾乎移不開，我們對這片海毫無招架之力，馬上去點了消暑的咖啡冰沙、水果冰沙，坐在面海的欄杆上又是消磨了半天；而陸連島後面那座小小的港，便成了當日營地的不二之選。

金樽漁港，美麗的名字，我想起李白的「莫使金樽空對月」。當我們一前一後從「東河肉包」前的一條岔路往下騎行，我的機車踏墊上還放著一袋小野柳買的熟釋迦，一邊騎著車沒注意它們一顆顆從袋裡掙脫投奔自由，騎在我身後的妳忍不住一邊大笑一邊大叫：「張卉君，妳的釋迦！」回頭只見路上黃沙揚起，頭前幾顆跳車的釋迦早已肚破腸流。

我們就是這麼狼狽地帶著一身風沙和大背包騎到金樽漁港的。小小的港區構造簡單訪客稀少，雖然不像沿途有遮頂的涼亭一樣舒適豪華，但正對著漁船出入港堤的就是安檢所，我們取水、借浴室洗澡都有著落，而且安全一定無虞。打著這樣的主意，我倆一到便連安全帽都沒脫地走入金樽安檢所，向正在執勤的海巡弟兄表達來意：「那個，我們在背包旅行，今天晚上會在前面紮營。」妳指著一處沒停靠船隻的岸埠示意，沒意外的話，那就會是我們今晚的住處。「可以嗎？」我自信一向可以用笑容融化所有不合理的請求，趕緊脫下安全帽整整瀏海，對著執勤的青澀少年使出我的招牌彎眼酒窩笑。

「呃……妳們等一下喔，我請示所長。」少年顯然是第一次遇到這種棘手的民眾，連忙用對講機把所長 call 來，很快地一位帶著憂鬱眼神的帥氣少年現身，聽完我倆的紮營計劃之後，他眼中出現了一絲興味，爾後漸熟之後我才知道，當時我倆天兵般出現在那個偏僻少人的小漁港，對於安檢所那群和我們年齡差距甚微、收編於國家體制之內只得服從，苦悶得無處可逃的海巡弟兄而言，掌握著自由與完整的我們是多麼耀眼而渴望的存在。

所以不論於公於私，少年小白所長面對這個沉悶軍旅生活中的小驚喜，都應允得毫不猶豫。「太好了！那我們晚點可以來裝水跟借浴室洗澡嗎？拜託……」打蛇隨棍上，我很懂得野外生存之道。「噢，好啊沒問題，我帶妳們參觀一下所內。」在小白所長的作主之下，我們因而被當成上賓一樣有禮地對待。「為民眾服務也是我們重要的工作項目。」他煞有介事地說，不帶一絲輕佻。

彷彿打開了大冒險的另一章，其後我倆有機會跟著去沿海廢棄的哨所巡邏、在安檢所裡煮大鍋飯給全所的弟兄們吃、在他們深夜站崗的無聊時刻互相傾吐煩心事，還經歷了隔年追捕逃犯時海防慎嚴的緊張時期……這些超越日常生活的青春記憶如同一枝力道深厚的畫筆，一次又一次地重新描繪加深輪廓，遂成了東岸旅行無法忘懷的一章經典故事。

離開金樽之前，妳要我畫一張明信片送給小白所長，感謝他們「為民服務」，守護了我們的安全並友善地接待。於是我畫了我倆背著大背包騎機車的模樣，在臨行前頒獎似地送給了小白所長，沒想到那張明信片就這樣壓在執勤櫃檯的玻璃桌墊下，彷彿青春永不凋謝。那之後我們幾度再回到金樽，隨著每年安檢所服役的弟兄換了一批又一批，但當執勤臺上的陌生面孔抬頭與我倆對焦之後，瞬間恍然一般指著桌下那張明信片吶吶地說：「就是妳們倆嗎？」的經典片段，依舊在日後活現於我們的笑談之中——而我始終無法忘記人生中第一次在金樽港內無預警撞見月光海的震懾，和憂鬱少年小白在月光下溫柔的微笑。

從經歷他者的故事到成為故事中的他者，原來也可以是旅行的意義。

生命的重量

那是在冬季。

海濱公路上的某趟飛行，刺骨的寒風撲面，冷，無法控制地發冷，四肢麻痺了，感知變得異常敏銳，我一邊騎車一邊煞有其事地變換表情，這種簡單的臉部運動也許只屬於冬季飛行。停車加油時，轉不動鑰匙，手指僵硬得失去知覺，站起身走路怎麼那麼難？拖鞋的空洞裡有發紫的腳。

自大背包裡掏出兩只塑膠袋，包裹住凍僵的腳再套上拖鞋，御風而行時兩腳打開在風裡招搖，聽見妳在後方哈哈大笑。貧窮困苦的飛行，冒險也罷、神經病也罷、不切實際也罷，我熱愛這種飛行，特別在冬季。

以二十歲為名，向生命藍圖的無限可能致敬。若不是與那些人那些事相遇，擦撞出生命的火花，我們怎能勇於成為不一樣的人？

那些啟蒙、那些畫面，不會輕易隨時光綿延而淡去。悲傷或痛苦都是珍貴的力量，足以把體內那頭陌生的野獸喚醒。保護地球的事就交給超人去做吧，我們無須保護地球，只要一步一腳印去見證這座島嶼，然後撐、撐起來，建構屬於我們的世界。

1

也是在冬季。

都蘭糖廠最左側的倉庫，一個展覽匯集了一群人。夜間不知怎麼大家聊開了，多位表演者、原住民藝術家、在地居民和新移民混融在這裡，無歌詞的吟唱聲中搖擺著身體，跳著自己也不清楚的舞步，昏黃的燈光下大家好似醉了，平日隱匿良好的想望在此時被盡數抛出，無論熟稔與否，每個人都用自身所有回應這個當下，歌唱生命的嘹亮與脆弱，規矩與原則都失去了，就放身體和聲音自由。

什麼是「正常」呢？我望著牆壁上交錯的人影，忍不住提問。

那時我們已經畢業。妳在花蓮「黑潮海洋文教基金會」工作，時常在港口出沒，進行討海人的田野調查。我呢，學校的助理工作令我倦怠，摸索著未來我茫然無頭緒，假期有時間便往都蘭跑去。象牙塔沒了，還有都蘭糖廠和月光小棧。

隔年秋天，我離開這第一份也是最後一份辦公室的工作，生日當天，自己一人騎著機車揹著大背包來到這村子，成為都蘭眾多新移民的其中一份子。

每天我早起坐在庭院裡的長桌前發呆，等陽光移進庭院；每天我騎車轉出小巷，看見東岸的山，海變成了背景，再也不稀奇；每天我花很多時間閒聊，失去行程表的日子要瞎忙生命才有意義；每天我看著四面八方來的人到這小村晃蕩，如同年輕的我們……我才慢慢明白，居住和旅行是完全不一樣的兩件事。

這裡一天只進兩份《蘋果日報》、這裡一家抓餅店不開就想不出還能再吃什麼、這裡晚上八點一過就一片靜悄悄無聊到發慌、這裡去哪裡都遠……這裡。

那時妳在花蓮，我在臺東。我們都把自己搬來了，為了海洋。

一天夜裡父親打電話來關心，跟我說：「沒有錢的時候，記得回家。」「我有工作呢這邊，爸爸你別擔心。」我說。不知道為什麼，心裡濕濕的。

那時是那麼渴望書寫，不知從何寫起還得想方設法養活自己。一邊在原住民手工藝品打零工，一邊惶惶然不知何所終，移住到幻想的美好角落，才發現生存的邊界荒涼又寂寞。

我在店裡向遊客介紹阿美族用構樹皮做的衣帽、部落阿姨手編的月桃蓆、歌手自編自創的音樂專輯、藝術家彩繪的石頭鍊墜……記起當初我們也時常這樣走逛在各式藝品小店中，而今我成為向往來旅者介紹商品的小妹，在他們的眼裡我看見和我們當年一樣的亮光，然則人們懂得欣賞，卻不一定會購買。時常，我在關門前為低迷的營業額感到神傷，意識到老闆娘是賠本在養我這個小員工，我愛我有抱負的老闆娘，一個臨暗的黃昏我徬徨踟躕於是否乾脆不支薪而取店裡的藝品交換？算了算自己的生活費，明白我需要金錢，沒有志氣交換。那一刻我意識到實踐理想的代價，須背負多少長年無可言說的蒼白。

一無所有之時走往海邊，海浪依舊拍打，月亮光輝遍灑，海上布滿銀色閃閃的鱗片，卵石與卵石間滾出海之鈴鐺，這過去我們無限歌詠與愛戴的景致，而今我卻連散步都失去興致。

一天，一個朋友來店裡，拿了一把小米束送我。她在小米稈上纏上毛線，說：「綠色是森林，黃色是土地，黑色是靈魂，紅色是生命。」我低頭細看，那把小米稈上纏了綠色、黃色與黑色的毛線。抬頭正要問，朋友跟我說：「妳不需要紅色，因為妳就是生命了。」

眼淚幾乎要掉了下來。才知道這樣的追尋多需要支持。

領著朋友到店門外的大樹下乘涼，前頭目帶著保力達B和米酒來，背著樹皮包坐在那裡，隨隨便便開口就唱歌。另一個 faki[1] 戴著一頂深咖啡色的樹皮帽，對我喊著「喝酒！」，聲音充滿活力。

一位 vai[2] 靜靜坐在一旁編織月桃葉。那 faki 隨手拿一塊厚紙板當蒲扇，站在圓圈裡跳起舞來。faki 問起我的名字，我說「鳳鳳」。faki 就說：「鳳鳳，高興才有力量！」他笑得那樣輕鬆，彷彿天塌下來也不會有事。

我端著酒杯，用阿美族的敬酒禮重重地踩了一下地，說：「faki，喝酒！」

1 faki：阿美語。用以泛稱男性長輩，叔叔、伯父之意。
2 vai：阿美語。祖母之意。

是啊，高興才有力量。

2

住在一間空蕩蕩的平房裡，我的床僅是一張鋪在水泥地上的草蓆，一張學校廢棄的課桌供我敲字，一個白色塑膠製的快速熱水壺，和我的行囊——這幾乎是我全部的家當。

日間除草時會驚見蛇，夜間洗澡時有癩蝦蟆跳進來，廚房時不時可見旯犽（白額高腳蛛）與壁虎爬行，若沒有蚊帳就無法入睡。

當太平洋與海岸山脈的風景成為日常，我才看見內裡洶湧的黑海、荒涼的沙漠。時常一個人對著電腦敲字，部落格上爬滿心事，之於生存，我找不到自己的定位。我不會變成表演者、手作人、藝術家或帥氣的衝浪手，踽踽獨行的道路上我時常自問自答，人們為了某些說不清楚的事物來到東岸，想方設法努力活下去，為的是什麼呢？思緒流轉，漂泊的情感無所依歸，我擁有了大量自由，走入無政府狀態，最後卻在自由世界中迷失方向，才知道自由也有重量。

幾個月後，友人將村裡一間閒置的平房改造成民宿，我搬遷至那裡，將之經營成「小客棧」，寫下心裡的亮光，茫茫黑海中終於看見燈塔：

「我有一個夢，東海岸能有幾間閒置的平房再利用，成為年輕流浪者友善的會所。

我有一個夢，這些空間能夠在行者與行者之間，共有共享共同維護並加以改造。

我有一個夢，人與空間最後能夠串連，將臺灣繞成一個圓，支應往來貧窮的行旅者。推動這些渴望向前、匯集與交流。

一個沒有鎖的地方，人們自己換床單、自己打掃、自己倒垃圾，交疊看不見的默契。來往室友們生活在一起，說話與居住，留便條交代細瑣的有無。丟少少的錢到一個鐵飯盒裡，餵飽這空間，這群也許和自己差不多的人。

如果可以，興之所至，把自己的力量流放到某個角落，
如他打釘的木椅、她手作的留言本。
慢慢地，就能自己發現、自己找到。
然後我們就能，貧窮地拼湊出，一座富有的島嶼了。」

往後幾個月，小客棧為我開展出一系列繽紛細碎的燦爛時光，每天每天都有說不完的故事。彼時妳在花蓮蹲點，恰巧在巷弄裡找到一間日式老房子，也與友人一同改造，妳在電話那頭興高采烈與我細述「流格子」的種種，說層層老木櫃如何放置海洋書籍、說牆上畫有鯨魚的尾巴、說海上解說員聚集在流格子開會……我在妳一連串的口沫橫飛中辨析出妳眼中閃耀的光芒，恍若看見台十一線公路上女騎士負重飛行的剪影，是多少歲月堆疊，才有這一刻的我們——細瑣平凡的小日子中，練就一身堅毅。那些咬牙、那些相信。

於是能大聲宣告，是的，我在這裡。生命潦草，不打草稿。

妳說妳把過去海邊旅行的手繪稿設計成手工明信片，妳說妳用阿嬤的皮箱裝載，打開可以拉繩吊掛，與男友在花蓮熱鬧的街頭擺攤販售。妳說妳遇到形形色色的客人，奇怪的老阿伯看著妳的作品發出有趣的提問，妳喜歡在街頭如此接觸人群，邊說邊在手機那頭兀自哈哈亂笑起來。

那一年夏天，我與朋友將過往登山與東岸旅行的照片盡數整理起來，印製成山版與海版的手工年曆，一張張用麻繩串起，成為加路蘭手創藝術市集的其中一個攤位。不再到此一遊、不再晃蕩，而是開創、駐守、經營。閒暇時，穿梭在其他攤位間，脫離遊客身分，我們成為「攤友」。

向晚時分，大夥兒忙著收攤，一位卑南與客家混血的藝術家前來詢問，能否用他自己以版畫拓印掌心樹的衣服換我們的山版年曆呢？「我們交換作品好嗎？」他的聲音家常，彷彿經常如此。蹲在地上細看著那最後一份年曆的樣品，眼神熱切。

天知道那天我經過他攤位時，站在那裡看望許久，純棉無袖衣上的拓印極美，那是一個手掌，五根手指向上長出枝幹，枝幹繁茂；掌心下為手臂，手臂成就主幹，主幹下是層層疊疊的山巒，掌心裡有鳥巢，鳥爸鳥媽看護雛鳥，手如樹，樹如手，天地如此照護，我看著看著便入迷了……

昏黃的燈下我們蹲在那裡，海浪聲成為遠遠的背景，完成這筆交易。那天收攤我蹦蹦跳跳了好久，老天，我從不知道可以用「交換」的！不仰賴金錢，以物易物的美妙滋味無以言喻。而若非我們願意停留與創造，怎會經驗這一刻深深的滿足？

「給所有的人：一定有一種生活，可以不再被時間或金錢壓迫，回歸人的本質；一定有一種人生，在做自己的同時也能貢獻社會，真心踏實地摸索自己的生活方式吧！」

都蘭糖廠咖啡館有個女孩曾在她的畫展上手抄了這樣的字句。那絕對是出乎於傳統體制教育之外的。

3

我從未告訴妳，那幾年，每一次回返學校，得費多大的力氣才能讓自己專心回到課堂上。時常一個閃神就失魂，老師到底都在臺上說些什麼呢？

坐在教室裡，我在，也不在。老師說完一個段落，學妹用眼神示意我上臺，我還沉浸在自己的思緒裡，兀自漂流，直到學妹走上前來撞了一下，才赫然驚覺輪到我了啊……

「大家好，我是崇鳳，今天要報告的主題是：奈波爾《大河灣》裡，文化優越感的宰制以及文明的形塑……」

帳蓬被海風吹得啪啦啪啦響，營火照亮了每一個聽海的夜晚。

星星，什麼話也沒說。

第三部

平行凝望

生命的際遇，如潮水漲落，也像山巒起伏。來自山城的她開始向海探索，帶領著更多關心海洋的人完成了一趟趟的環境行動。而來自港都的她則走向比山更深的地方，陪伴人們走向山，與另一群夥伴一起成為山的侍者。

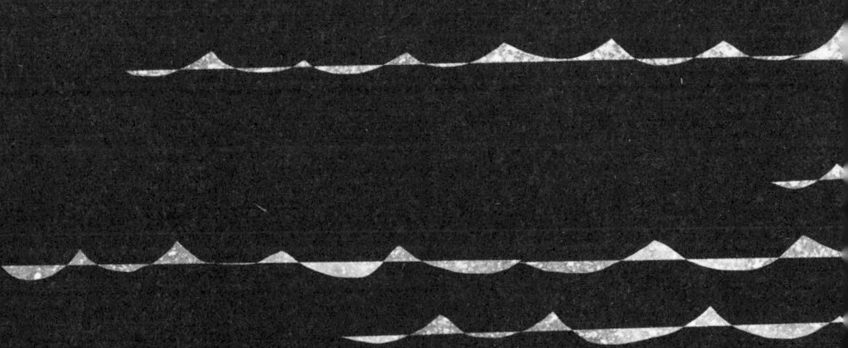

船艄乘浪

在花蓮的日子是藍色的，屬於太平洋。

最後一次我們一起騎行東海岸，正值大學畢業後的夏天，在這條藍色公路上發生的種種故事也進入尾聲，我們各自選定了一處土地生活，或以時間換取更緊密的關係——妳在臺東，我在花蓮。

妳選擇了途中最令妳喜愛的小鎮住下來，而我則在每次旅行的終點：花蓮停留，在那裡和另一群夥伴開展了新的生命故事。

我總覺得是海領我來此的。

大海會唱起一支歌，讓迷途的船員們循著旋律聚集而來，無論漂流得多遠，他們終將相遇。

1

上研究所之前的暑假，我和當時的男友L相約再一次騎車到東岸，這次花蓮不再是終點，而是我們的目的地。為了要對家人交代，那一年我特地找了一個冠冕堂皇的理由，告訴爸媽我要去參加一個長達兩個月的暑期營隊：「就是花蓮有一個黑潮海洋文教基金會（簡稱黑潮）啊，他們每年都在招收海上解說員，我想去參加培訓。」當時我已經透過推甄考取了研究所，暑假長達半年可以規劃，我想要有個「正當理由」到花蓮去「住遊」兩個月，便順勢加入了黑潮的行列，想不到也就因此開啟了我和這個團體之間長達十五年以上的緣分。

初次搭船出海遇見鯨豚，是全新的體驗。

我一生中從未親眼見過活生生的鯨豚，卻在海上與牠們不期而遇。那份初次見面的悸動和水下靈活、輕快穿梭在船隻周圍，甚至來到船艏乘浪的豚游身影，彷彿海神派來的使者，牠們從水中側過身窺探船上人們的眼神，在瞬間點亮了我的靈魂。

過去我們總在岸邊徘徊，頂多在沙灘上踩踩水放空發呆，然而黑潮的解說員培訓是要搭船出海的，目標是訓練更多專業的海上鯨豚解說員。所以那個夏天我就在充實的培訓課程、解說演練、出海航行中度過；自從高中就完全對理科自然無感的我，偏執地只對文學有天分，當時考上中文系最讓我慶幸的就是可以把數學自然物理化學微積分丟到一邊，陶醉於從此可以完全浸淫在文學之海中悠遊的快感。然而參加了黑潮的解說培訓之後才知道，在海上不僅要有「目色」分辨海上的每道浪花後面是否有鯨豚的蹤影，還要能在最短的速度辨識出那是哪一種鯨豚——要知道全世界八十多種鯨豚種類，臺灣曾目擊過的就有三十多種，而在海上偶遇鯨豚時可能在幾百公尺遠的地方，伴隨著水花和背鰭的特徵，在茫茫大海裡要遇到動物的蹤影都已是難事了，更何況還要能了解每一種鯨豚的習性，並儘速辨識出鯨豚的學名和種類。

而每一趟出海的航程長達兩小時，平均與鯨豚相遇及觀察的時間只有十五分鐘，換言之在剩餘一小時四十五分鐘的航程裡，解說員必須要能講解港區的沿革、地景的歷史、岸上建物的特色、海堤工法的說明、海洋地形的變化、海上船隻與漁法的介紹，當船隻往東駛去，沒有地景材料作為解說的依據時，更挑戰解說員的知識深度與廣度，有時聊聊雲、海浪、航海冒險的故事，有時也要不討喜地聊聊海洋廢棄物的問題，甚至船行到海洋公園外海，也會藉機提到動物展演的生命教育思考；當船上氣氛太嚴肅，解說員有時還會自備一些海上工作經驗和海洋心法，分享自身經驗讓遊客更能感同身受，為的就是引導遊客在海上避免僅把焦點放在「賞鯨」，而失去了珍貴的海洋體會。解說員們身穿藍色背心，手裡拿著麥克風和望遠鏡，斜背一架「大砲相機」，站在船頂瞭望臺上向遠方四處搜尋的身影實在是太帥了！

為了成為黑潮的解說員，不是自然科學或生物背景本科生的我，在那年夏天不斷地啃讀鯨豚生理構造、東岸地形、漁業漁法等相關補充知識書籍，並透過每週兩次的解說演練來模擬陸域和海域解說的順暢度。

沒有出海的時候，光是騎著車到七星潭海灣或奇萊鼻燈塔看海，都會屏氣凝神地等待著海面是否有鯨豚出現的蹤影。「你看，那裡有浪花！」幾個一起出遊的黑潮夥伴也習慣觀察海面的風吹草動，一有動靜就拿出隨身攜帶的望遠鏡或大砲相機往海上搜尋。「吼，那不是啦，是礁石而已。」有時海面上躍出巨大的黑影：「哇！我看到背鰭了啦！」「唉唷那是破雨傘（雨傘旗魚）啦！」是什麼讓我們心心念念，關於這片海的動靜，從一片寧靜汪洋風景畫般的存在，變成了立體動態充滿驚喜的舞臺劇。

2

我忘不了那一年，我和大海的關係開始轉變，從一個旁觀者變成了介入者，如同我們一貫瞬間融入他者的旅行節奏。

彷彿開了天眼一樣，隨著海上累積的經驗越來越多，我們對海上人為活動的觀察也越來越關注，除了鯨豚之外，我們也觀察著日益崩塌的海岸線，有時船行經奇萊鼻岬角，回望陸地正是環保公園的位置，海上回望回填的土方裸露，行之有年業已面臨飽和的垃圾掩埋場，呈現年輪似的剖面垃圾紋理，每當颱風過後的海上，總漂著過多的淘刷垃圾，陸地上填壓不了的慾望在浪的舔舐下迅速回到海裡。「淨灘」的效果十分有限，遇到奇萊鼻這樣險峻的地形，人力往往不易到達，據說岬角水下海流強勁，這些淘刷出來的垃圾極有可能隨著洋流一路往北流到日本等國家。還有各種因為想要更了解這片海域而運用科學調查來記錄、推測，並且把海上看到的危機轉化成倡議或教育素材，推廣給更多民眾。

在黑潮的日子，我們幾乎成為海的子民，一到假日就跑海邊或溯溪、划獨木舟，青春的身影在海邊的籃球場像櫻木花道一樣搶籃板，有時則是緊張刺激的沙灘排球。夏天我們會去潮間帶探險、石梯坪浮潛、長虹橋露營、每年參加港口的阿美族豐年祭；在花蓮還有特殊的美崙田徑場「聯合豐年祭」……我幾乎要忘掉自己是山裡的孩子，如同脫韁野馬般地享受著東岸特有的自然風光與多元族群文化，彷彿在彌補自己過於早熟的童年，那個沒有玩伴、從小在補習班度過的樣板生活。我忘記自己自幼被規訓成大家閨秀的模範生，不顧童年起被爸爸教育要成熟穩重——因此小學當了六年班長——在充滿野性的自然裡，我和同齡的夥伴們一起上山下海、吃飛魚乾、跳慶典舞蹈，也重新思考環境和生命的本質，在逸出常規之外的選擇多麼誘人，而黑潮裡和我一同度過那年夏天、來自臺灣各地各個年齡層的夥伴們，則是一則則傳奇故事，一再打破我對生命樣態的想像。

3

生命中第一口飛魚乾的滋味，來自黑潮。

解說培訓開業式的晚上，我遠遠看見報到的日式老房子外冒著白煙，一群短褲拖鞋笑容黝黑的人們圍著閒聊，人人手上一瓶冰啤酒和飛魚乾。「嘿！新朋友，來吃飛魚乾。」一個高高瘦瘦帶著雀斑的花裙女孩高舉手上的酒瓶：「我是雯，單身，正在追港口部落的一個帥哥！」她一邊大笑一邊直率地說，眾人聞言舉起酒瓶起鬨，我當下懷疑她喝了不止半打。

早我一年參加解說培訓的雯為了追求心儀的男孩搬到港口部落生活，她沒有成為海上的鯨豚解說員，卻一直以自由的身分純粹追求自己的夢想。某次聊天得知她原是臺北某間國中的美術老師，在體制內教了幾年的課，公職生活的安穩並無法滿足她對世界的動念，於是毅然放棄教職來到花東成為流浪教師，徘徊在台十一線上偶爾到偏鄉小學當代課老師，一邊考取東華的族群所。考上之後讀了半學期，又覺得「好像不是這樣的」，再度休學專心畫插畫，自製東海岸明信片到處寄售。

近年來我再遇到雯都是其他城市或車站街頭巧遇，每一次匆匆聊起近況，她都給了我不一樣的答案。近五十歲的她臉上依舊帶著一種坦率又茫然的表情，一如我第一晚見到啃著飛魚乾的她，彷彿人生的猶豫是必然，而選擇沒有終點，只要是依隨己心。

黑潮夥伴的多樣性總是讓我目不暇給。

當年和我同梯次參加培訓的「光」原是一本正經的生物系大學生，戴著黑框眼鏡、格子襯衫，說話溫吞沉默。然而那個暑假光總和我們混在一起，在解說課程結束後，跟著我和男友L在花蓮市區打開行李箱就地擺地攤。我耐不住性子守在攤前等待，總四處去別人的攤位尋寶串門子，通常我賣的手繪明信片、「浪廢人」字樣T恤、尖嘴鉗折鐵絲鑰匙圈等產品就由男友和光一起「顧攤」，這種旅行方式對我而言非常有吸引力，擺攤這件事有趣極了，可以遇到各式各樣的人拿起妳的商品端詳考慮，也有純粹就是給妳鼓勵的眼神。遇到喜歡作品的客人我會特別花時間跟他講設計的故事，尤其有人拿起「浪廢人」衣服在身上比劃時，我總不厭其煩地說起象牙塔跟阿古的故事。

那段擺攤時間沒有給我們帶來多少收入，卻賺滿了溫暖與回憶。更有趣的是當時陪我們顧攤的光，在日後轉變成了一位專業的擺攤者，他結合公平貿易麻繩的概念，學習編織，用各種美麗而質樸的繩段作成了手機鍊、相機鍊、手環、項鍊、水壺袋等各種各樣的生活及裝飾用品，穿著風格一改「理工宅」的經典造型，反而搖身一變為印度風格強烈的自然風型男，麻布背心和長褲裙，長髮披肩，自在而瀟灑地出現在全臺各大擺攤聚會；某次和光在「海或市集」喝著紅酒聊天，才知道他選擇成為專職手工創作者以擺攤為業，就是因為當年在黑潮的夏天陪我們一起擺攤，訝異於「啊，這樣也可以賺錢？」的因緣際會之下，走入了這條不歸路。

對於這些夥伴的生命故事，我總是百聽不厭的，並時時訝異於宇宙的安排。我們在海的帶領下與彼此交會，而後透過對話、一起分享生命的快樂與困頓、彼此激盪各種火花，甚至為了同一個目標而努力，那些一起在海邊聽浪喝酒的苦悶夜晚，那雙溪澗石後拉你一把往上攀的手，在海上與鯨豚相遇的快樂共感，還有許多生命裡無法獨自回答的大哉問，我們用比一條河流更長的時間，匯流彼此向海。

於是如同大海上的潮界線，我們來自不同的水域，帶著各異的鹽度、溫度和速度，在潮界上相遇了，一起滯留、互相滲溺。我們不像摩西分海一般切割著彼此的楚河漢界，而是在涵納萬物的大海裡默默帶著本來的顏色交融流動，時而淺藍時而深藍交錯斑斕——直到我們都不再只是我們，而成為了新的我們。

為此，我一直非常喜歡基金會的名字「黑潮」，最初是向海中的黑潮洋流致敬，同時也期許這個團體的特質如同黑潮洋流一樣，始終溫暖、清澈、堅定。在我年輕的生命裡與之相遇，因而有了童年匱乏的夥伴情誼，也大大補足了從小海洋經驗的不足。如同開了天眼一樣，我不再遠觀海洋，而是開始學習擁抱她、親近她、理解她、走向她。

這是生命裡浸滿鹽味的開始。

揹一座青島

島嶼是白色的。海拔三千公尺的大霧中行進，我們隱身在雲裡了。大風吹得人七歪八斜，拉緊風衣，彷彿只有在大風中，才能明晰感覺自身的存在，專心致志穿越，這鋪天蓋地的白。未經狂風吹拂，不會珍愛無風無雨的太平歲月。

島嶼是黑色的。森林草地或岩壁全被潑上黑墨，沒有星星，箭竹啣著露珠，水鹿鳴叫。如廁時，冷到手指末梢都失去知覺，穿好褲子速速走回營地，夜幕下一個個帳篷透出膨脹的七彩光暈，深藏一杯熱奶茶的渴望。

島嶼是青色的。藍天底下層巒疊翠，這是中央山脈、那是雪山山脈，玉山山脈也清晰可見，你看過島嶼背脊的隆起線嗎？深深淺淺不同的綠交錯，間雜大片岩壁或巨石，一個人站在那裡用登山杖指著來時路，神氣地大喊：「我們的島！」

島嶼是彩色的，玫瑰紅、深紅、粉白的杜鵑花盛開，薄雪草和籟簫開出白色小花，龍膽和沙參為大地染上點點淺紫，冷杉枝頭迸生紅紫色的雌花，褐色松果落了一地……無論初春、盛夏或深秋，山都不忘孕育。

為此，我願用一生的時間追尋，只為駐守，那蓊蓊鬱鬱挺拔蒼勁的，島嶼之森。

1

那一段斷崖架了許多繩子，新的舊的垂掛在絕壁上，國家公園為此在最後一段落差新架設了鐵梯，往昔需徒手攀爬四肢並用的地形，而今變得簡單了。

過了斷崖，再走三十分鐘，便可見冷杉林裡那幢紅色屋頂的小屋，夥伴們莫不揚起開心的笑容。在山屋前把大背包卸下，我就地整裝，這片森林長年來在心中亮著，向學長徵求我可以不住山屋嗎？水塔後方的森林有片柔軟的小空地，今晚我想單人露宿。

呀，我好期待！把公糧和水罐掏出，再度揹起大背包，我抱著地布、睡袋和睡墊往山屋後方走去。

「崇鳳好像要離家出走了……」小我十六歲的學弟迎面走來，呆呆地看著我。

「你要不要來看我的房間？」我開心地邀請他，神采飛揚。

他的眼瞬間閃閃發亮：「好，那我幫妳拿！」接過我睡覺的行頭，其他兩位學弟妹也跑來了，兩位夥伴一前一後從山屋內走出，笑著跟在後頭。這麼一行人，陪我散步至森林裡。

「就是這裡！」我單手揮出一個圓弧大方介紹，像分享一個祕密基地。地上布滿厚厚軟軟的青色苔癬，高大的冷杉群守候，耶，我要一個人在這裡過夜。

「那個，有地雷耶……」夥伴指著地上一角。

蹲下細看，是人類的排遺。就在山徑路旁，沒有挖洞掩埋也未覆蓋石塊或落葉……「怎麼會有人在這裡大便啊？」我失笑。呃，優美舒服的地方可當營地，也不失為如廁一個好選擇。這無妨我露宿此地的念頭，迅速將排遺清理的同時，學弟妹與夥伴在周邊繞走，「學姊，妳真的要在這裡過夜嗎？」學妹指著樹旁箭竹叢裡的衛生紙，一臉擔憂。

心底嘆息，還是點點頭。這株冷杉很大，睡在祂底下會很安心吧！來這裡如廁的人，一定也是喜歡那棵樹才選在這裡的，白色衛生紙會惹眼，是我們不願承認人類的無心與無知吧。

真正的好地方，不在尋覓一處百分百純淨之地，而是就地清理。

處理一份人類排遺、見證一張衛生紙，重新巡視與整頓。我鋪上地布、攤開露宿袋，忙著張羅自己的小角落。夥伴與學弟妹坐在一旁，安靜地看著我與這座森林。他們的陪伴溫暖，沒有陽光的午後，冷杉林中滿溢芬芳氣息。

我已不是當年跟在嚮導屁股後頭頻頻稱是的小學妹，長年的戶外經驗建立了自己的風格與習慣，此趟與老友和在校學弟妹重回雪山山脈縱走，偶發的驚人之舉不再令人髮指，諸如脫隊露宿、赤腳攀登、上樹玩耍……都被理解與支持，讓我安住在山裡的動力不只源於山，更多是人。

入夜，鑽進露宿袋，我望向天空，這最完整的時刻。星星在疏落有致的枝葉間閃爍，森林睜開害羞的眼睛，我的心也是。仔細聽，風在林間穿行，婆娑的枝葉抖落黑影掉落在臉上，聽見飛鼠鳴叫，我想像牠在上方某個角落滑行。

緊密連結的隊伍中，獨處的森林是山與人共同許給我的，夥伴們都睡了吧？明早他們還等著我去山屋吃早餐呢。

2

自十九歲入大學社團開始登山，我未曾想過十年、十五年後依舊繼續在山稜上眺望。這是不可思議的，我的體力普通、路感不佳、打包緩慢、搭帳煮食也不特別出色，初始接觸山林的學生時期，我時常看著二萬五比例尺的地圖發呆，摸不清稜線與谷線的差別。

那是一門古典戲曲的選修課，三十個學生坐在階梯式的大教室裡，老師正在舞臺上咿咿啞啞地唱戲，全班跟著有模有樣地唱。我坐在最後一排，嘴巴緊閉，埋首在甫拼貼黏好的地圖前，笨手笨腳地用綠色螢光筆嘗試畫出山稜線……奇怪，怎麼畫著畫著，就畫到溪谷去了呢？我偏頭苦思，戲曲成為背景，直到老師忍無可忍指著我的方向開罵，才意識到為了登山我目中無人。

每週至少兩個傍晚會到操場報到，準備暑假長程縱走的日子，不只是長跑，最好還要練側跑或倒退跑，跑個二十圈、三十圈，看看是否在測跑標準的時間內。別人的週末都在逛街約會，我們卻掛在活動中心三樓的牆壁上垂降……學、學長，繩子不夠怎麼辦？捆纏啊、作系統轉換啊！學妹妳這樣不行，還要多訓練才行。

無風的夜裡，我們悄悄走進學校最高樓層的系館，扛著一堆書、把五升的空水桶裝滿水、打開消防栓拿出滅火器（一個滅火器有十公斤重），煞有其事放進大背包，自一樓樓梯口開始起登，這麼作負重訓練，一樓一樓往上爬，汗流浹背是什麼意思我終於明白，中文系少女的優雅詩意完全與我無關。

無數個夜裡，幾個人圍著一張地圖開會，手繪的路線標上C1、C2、C3……在等高線的密林裡摸索一個說不清的夢想，參雜著國家公園歷史、原住民部落、鐵道文化或古道資料的追查，自行程、企劃書、交通安排、菜單規劃到採買，繁瑣細節如海漫過頭頂，系所的課業與報告在心底打轉，當年到底是怎麼走完這些路的，自己都忘了。

不只一個人爬山爬到被退學、也有人重考回來再被退學的……荒野神祕的引力緊扣心弦，我們又年輕、又狼狽。在眾多的耳聞間慢慢茁壯，並相信那些凋零的夢想總有開花的可能。聽說有學長暑假去西藏騎單車、幾個學姊自組女子團去日本登山、誰跟誰持續開發高山溪谷的溯登、哪個去美國攀岩旅行的學長在公車上巧遇留學的他、那學姊又回南美玻利維亞作田調了、誰畢業後計畫獨自完成臺灣中央山脈大縱走……天馬行空的故事在學習的日子裡慢飛，晃悠在眼前如此真實，有什麼是不可能的嗎？沒有！一個小小的大學社團，帶來的力量恐怕不只是登山——還有什麼想做的事還沒做？我想成為什麼樣的人呢？

汗水一滴一滴落下，無風的山徑上我仰望遠方的山嵐喘息，巨石堆疊的山稜，另一面是柔潤的草坡，島嶼的容顏到底在年復一年的步履之間逐漸明晰：我生長在什麼樣的地方？這裡有什麼值得我驕傲的存在？

清早醒來，森林有微紅的日出，我還縮在露宿袋裡一愣一愣。漸層的天色眨眼即逝，我知道我是一個人、我知道我是一群人、我知道我代表人類來到這裡，做了一個圍圈跳舞的夢。黎明時分，我坐起身，深沉的暗紅逐漸轉亮，一個人的清晨很安靜，我啜飲夢境，朝陽的光束輕輕灑落，周遭的冷杉樹幹均被打出斜斜微亮的橙黃色，彷彿有細小的金仙子穿梭其中，森林霎時變得好美。

這種時候不會太多，但直探底心的寧靜總令我深深著迷——這是我的青青小島，森林與岩石遍布，走幾遍都不會厭倦。

3

許久沒回雪山山脈了，聖稜線多處是岩稜，背著大背包在岩石間跳來走去、攀來爬去，享受著這些石頭帶來的挑戰。一邊氣喘吁吁一邊咬牙切齒一邊快樂著，踩上岩塊的尖端保持平衡，風起雲湧間偶然抬頭，山的峻峭與偉岸還是讓人禁不住屏息，大霧縹緲間以為自己是中國古裝劇裡飛簷走壁的俠士，狂野與優美並陳，雲深不知處。

時常得這麼上來，記憶島嶼的柔美與壯闊。前一刻還風和日麗讓人忍不住歌頌，下一刻就風吹雨打逼得你疾走。疾走時，心無旁騖，不得有誤。稜線上寒風刺骨，登山杖用力撐，一步一步踏出屬於你的印子，往前、再往前，夥伴們的彩色身影都被白霧吃掉了，你只剩下你自己，清楚聽得見呼吸聲，山在一呼一吸間愈發清明起來，巨岩、碎石、一層一層如鋸齒的路徑；灌叢、小花，這世界不只有灰黑與白。圓柏隨風扭曲的身體成為手點，閃過小蘗與薔薇的刺，生命的存在如此珍貴，大風中一個轉身——巨岩的山，是時光的海。你會屏息，站在那裡，一秒呆愣便看盡千年。

翻過一個鞍部，風倏忽不見了，像什麼也沒發生過。箭竹草葉清香滿布、毛茸茸嫩綠杉葉夾道歡迎，杜鵑剛發的新芽又軟又黏、深山鶯的鳴唱在山間繞旋、山羊大便後跑得不知去向……摸摸這個，聞聞那個，恍若隔世。噗哧笑了出來，我真的好喜歡臺灣高山！

不是巡山員、研究者、高山協作，也不是修整山路的步道工作者，沒有崇高的理想抱負，只是山裡旅行的過客，一條路線從A點進B點出，帶著滿滿的食物與裝備而來，吸收日月精華、採集山林之美而後離去，我們是該死的登山客。

曾因多年來眼睜睜看著山林環境年復一年被消耗而沮喪、而頹靡，憤世嫉俗地說：「以後再也不來爬山了！」

但我無法忘記臺灣山林帶給我的驕傲與快樂，始終沒能忘懷。於是舉腳入山，觀察與探究，理解與包容。

而今網路隨便搜尋就有登山教學影片和路線攻略，手機下載個APP就能定位、辨識山頭、軌跡紀錄全都包，登山變得容易入門的科技新時代，人類對於自然的渴望潮水般蜂湧襲來。山上，垃圾與生火的混亂痕跡如黑色的針扎入心底，空拍機飛起的聲響比山屋如雷的鼾聲更讓我不知所措，人們設法拍攝剪輯更出色的影片上傳，議論著哪片森林不夠漂亮、哪座山頭不從人願……人們討論、評比，秀出島嶼花樣縱走線的奧祕，誰完成了什麼誰做了什麼事誰不該如何……我甚少聽見謙卑，當高層尚未意識到深山豐美的資源需要積極介入需要守護。

回望這座島，看見自己的生長線如同海拔一樣攀升，風裡看向沉默的巨岩和高聳的圓柏，我知道祂們永遠歡迎人，我無須因使用者的身分而內疚或自卑。欸，這我們家耶！只是許多人尚未意識到，不曉得該怎麼愛而已。

4

甫下山，小吃店吃麵時被另一位學長抓包，這不是巧遇，他可是飛車千里來相會。抓準我們下山的時間點來到入山的部落接風，與妻小準備隔日接棒上山。我看著他五歲和八歲的孩子，再看看與我們相隔十數年的在校學弟妹，野地的引力牽出歲月的奧義，代代相傳，我感到不可思議。

「什麼？你們藏了一罐可口可樂在山頂？」學長睜大眼。

「對啊，圓柏叢裡，看孩子們能不能找到這份驚喜。」我饒富興味。

就盡情大笑與揶揄鬥嘴吧，這是一趟永恆的長跑。畢竟那山啊，是那麼高；那路啊，是那麼長。

如燕盤旋

船航行至看不見邊界的外海，如同置身藍色宇宙的中央。

四面八方的顏色只剩下深藍海平線、淺藍天際線、白浪花與白雲，其餘是轟轟的船隻引擎聲，以及破浪時那一點，激情的澎湃。

尋鯨的航線不會走太遠。

往往是從花蓮港出航之後，往南、往北都找不到鯨豚的身影，船長才會毅然轉向東邊航行。海上沒有紅綠燈、雙黃線或者，路標；若站在三樓船板瞭望臺遠望，手裡沒有指南針或ＧＰＳ，最原始的方法便是依照地景判斷。

1

出港往南是一片開闊的風景，船頭正對著洄瀾灣外的七七高地，它匍匐的山頭如犬低伏背脊，一路往南延伸至臺東都蘭出海。這條海岸山脈年輕、急促而充滿皺褶，不同於臺灣本島的歐亞大陸板塊，它的身世來自於菲律賓海板塊，在數千萬年前的造山運動中與臺灣本島相遇，那猛烈的撞擊肯定是驚心動魄的，否則這些青澀又躁動的山頭怎能永遠都澎湃得山高水湍，溪谷裡汩汩流出的愛意日夜奔流入海，如同急於表白的青春期少年。

往南的海岸山脈風景始終翠綠，美不勝收的鹽寮海域曾是二十年前實踐極簡生活傳奇人物區紀復暫居的「鹽寮淨土」，如今卻也失去了寧靜，林立的民宿、飯店進駐了曾經純淨靈性的原始海域，土地長出房子，也帶來絡繹的人潮。不遠處的遠雄海洋公園如迪士尼童話般的建築群，是遠雄飯店的前線戰場，獨占山頭的海景夜景還不足為奇，創造一處包裹歡樂糖衣、定期提供動物表演的「樂園」帶動觀光人氣，也炒起了地皮，讓這塊「淨土」成為外商土地投資者的後花園；當我們航行在這片海域回望陸地，很難想像那座巍然壯美連綿不絕的山頭，早已成了投資者蠶食鯨吞的盤中飧。

「今日駛這麼遠，都快到橄仔腳了。」瞭望臺上手揹身後一手擋在額眉間，往南方小海岬遠望的王伯忍不住叨念，那是討海人施放流刺網[1]、延繩釣[2]的南界，也是近岸漁業重要的漁場。

我好整以暇地坐在船頂上，兩條橫過跨欄的腿晃呀晃，馬上被王伯揍了一下頭：「死囝仔，妳的腳是雨刷喔？下面是船長室，妳等一下給鑫伯罵！」輪機手王伯和老船長鑫伯都是經驗老到的討海人，夏天不出海時就在賞鯨船上幫忙，是最有默契的老搭檔。

王伯精壯瘦小，船隻的修繕、狹小輪機室和油艙水艙的檢查工作一點也不馬虎，在出海尋鯨時，為了要「找海豚」搜尋海上動物的蹤影，王伯總是跟解說員們一起在三樓甲板分頭四面觀察；剛出航還沒找到鯨豚前，三樓頂的氣氛最是緊張，

1 流刺網：俗稱放綾仔，屬於刺網的一種，可以是單層或是由網目大小不同的漁網組成多層刺網（常見有三層刺網），其它刺網還包括底刺網（包含定刺網）、浮刺網、旋刺網（又稱圍刺網）。原理是在海中放下一張網，如同一道隱形網牆，等待獵物游經時自投羅網，卡在魚網網目上，或是纏困在魚網上。流刺網因張網位置不固定，可以在漁場內隨波逐流，故名。因常見混獲與誤捕其他非目標物種，且片段或整張網也容易飄走，無法收回，形成海中鬼網，無止盡撈捕，對海洋生態會造成莫大的傷害。——《臺灣魚類資料庫》

船隻逡巡在鯨豚曾經出沒的海面，任何一道浪、一叢水花，都能引起眾人驚叫，而在那之前大家各踞一方，眼勾勾死守平靜海面的等待，可謂是草木皆兵的肅殺氛圍——不過十之八九，那聲打破寧靜「在那裡！尖仔[3]啦！」都是從王伯的口中喊出，他不像老船長鑫伯那樣沉穩威嚴，王伯三角型的眼睛被深皺的皮膚折線縫得更小了，但一看到鯨豚，瞳孔裡便彷彿射出奇異閃光一樣，絕不容解說員半刻遲疑，透過麥克風跟二樓船長室的鑫伯以「時鐘方位法」報方位，慢一步都會被王伯叨念：「就跟妳說佇遐，那條流格之間啊，按呢也看嘸？」說著又是一記蓋頭。

2

從二〇〇五年開始上船出海實習，我就一天到晚被王伯唸，老人家碎嘴的功力不是蓋的，在海風跟引擎聲下，我們必須靠得很近很近才聽得清楚王伯在說什麼。當然那通常是在一趟航班的回程之後，不長不短的水路剛好足以讓我們聽完一小節王伯的遠洋故事。細看王伯的瞳孔，帶點深藍色與咖啡色，不是一般的深黑色：

2 延繩釣：俗稱放緄，又可分為飄浮在海中的浮延繩釣，及沉在海底的底延繩釣。在海中直線拉開一條長長的主繩，主繩上垂掛許多支繩及魚鉤，魚勾上掛有魚餌，主要目標為大型魚類，如：鮪魚、旗魚、鬼頭刀等。一條延繩可以掛上高達3,000個魚鉤，鉤餌容易誤捕其他大型海洋生物，如：海鳥、鯊魚、海龜等，有些地區的信天翁與海燕甚至因此面臨瀕危的問題。——《臺灣魚類資料庫》

3 尖仔：是討海人形容飛旋海豚長長嘴喙的暱稱，海上俗名為「尖嘴仔」，是花蓮海域最常被目擊記錄到的小型齒鯨。

「王伯，你是混血兒嗎？」有一次我們忍不住在海上閒聊。「混到海水啦，混水。」每次看完「尖仔」，王伯總是笑兮兮地彷彿卸下重責大任一樣，講起話來多了幾分趣味。有時候他會講起過去跑遠洋漁船，看過很多外國美女，「葡萄牙的啦、俄羅斯啦、越南印尼啦、義大利的啦、還有什麼荷蘭的啦，各國的美女我都看過喔！」王伯壓了壓頭頂上繡著民進黨政治人物名字的鴨舌帽，嘴角上揚略帶驕傲地說。

「阮嘛是美女啊！」我撩了撩頭髮，作勢拋個媚眼給王伯。「恁喔，曝甲黑魯酥！非洲來欸喔！」王伯捏了捏我的耳朵。這些橋段時時在返港的航程上演，我喜歡老討海人身上那種精實、靈活，眼神犀利又柔和的特質。他們對妳的碰觸是友善的、表示認同的，在船上被接受或排斥往往直接又快速，所以我們常常會「訓誡」初來乍到的新解說員或實習生，船就是你的「聖域」，這裡不比陸地可以隨興自在，相反地在這裡可得要懂得適時詢問，保持身體的平穩，不要太「白目」，否則在海上你的日子可就難過了。

也許是因為海的變幻莫測，它考驗著人的意志，同時又帶著高度的不確定性，你「想要」如何，需要海的成全。而海上的船隻更是人唯一的棲身之所，對於船的特性、優勢與毛病認識得越清楚，越能做好心理準備。因為船隻航行、轉向、停泊或槳攪到廢棄物，船上的工作人員隨時要做出相對應的反應與判斷，彷彿身體是和船隻嵌合在一起的，它是你意志的延伸，也像是變形金剛一樣受你操控卻又保護著你的重要夥伴，所以在船上會主動抛繩、綁船、收放碰墊、收拾救生衣的解說員，格外受到船長的青睞，因為你的體貼他們看在眼裡，下一次跟你出海的時候，也就更願意分享海上的「小撇步」。

3

漁業在花蓮港已經越來越凋零。

驅車前往花蓮漁港，停滿舢舨、動力膠筏及小型漁船的內港常常是寂寥的。很難想像花蓮港竟是全臺灣四大國際港的東部代表，漫步在沒有太多遮蔭、漁會前零落魚市海產攤的港區內，唯一熱鬧聚集人群的只有一處歷史悠久的「林記鱰魚丸」，再來就是廢棄的漁獲拍賣場旁、在地討海人主要祭祀媽祖主神的「順天宮」了。二〇〇五年初來乍到，我算是花蓮港的「菜鳥新手」，看不懂門道。當時仍有漁獲喊賣，每年順天宮也會擲筊輪流讓在地的討海人當爐主，當年度若是漁獲收成好，爐主便會在小月時擺流水席、請歌舞團來「給神明看」，做為年度重要的酬神活動。要來港口看熱鬧的人都知道，重點是在晚上十一點過後，所有人會慢慢聚攏過來，舞臺上扮著古裝唱歌仔戲的演員們紛紛至後臺休息，港口很快駛來一臺黑色的賓士轎車，一位婀娜多姿的曼妙女郎下車，接著就是酬神的最高潮——脫衣舞表演了。

早年我是見識過的，記得那一天下船之前，一向老成持重的老船長鑫伯從二樓船艙探出頭來特地交代：「洪亮[4]啊！今天晚上要來港口喔，有好看的！」鑫伯擠眉弄眼地說。果然，鑫伯的情報沒有讓我撲空，當脫衣舞女郎上場時，討海人們歡聲雷動，我因為是第一次見識，目不轉睛地盯著怎麼「脫」，只見女郎隨著音樂擺動，身上的薄紗若隱若現，一個迴身解開飄飄的舞裙，底下是亮晶晶的三角褲。「喔喔喔～～」彷彿解鎖一般，臺下眾人有男有女，有臺籍船長有外籍漁工，還有討海人的水某們，大家不約而同地鼓譟了起來——不知道為什麼我沒有感覺色情，當下也不曾掠過任何一絲女性主義的影子，更別談「物化女性」的知識分子批判了，我覺得自己如一道湧起的浪，在夜裡澎湃地打上黑色的礁岩，和所有熱烈眼光的機車阿伯們憋精上腦的檳紅色嘴角，一起射出了某種暖熱又黏稠透明的痛快。

後來就再也沒有了。

「抓不到魚啦！」港口順天宮的主委，也是「林記鰆魚丸」的創始人武雄老船長抽著菸，默默地說。那一年之後我沒有再聽過港口有請脫衣舞，那個寂寥的港口在日常夜裡沒有閃爍的燈光，也沒有霓虹燈或跑馬燈招牌，只有曾經在海上威風如今顯得老邁的船隻，懶懶停靠港邊百無聊賴地在船纜與碼頭之間漂浮擺動著，或乾脆整艘船上岸懸在船架端保養，而夏季鏢曼波、冬季鏢旗魚的傳統「戰浪」鏢刺漁法已漸漸成為花蓮港的傳奇，寂寞的鏢魚臺一架架橫在堤防邊，遠處聚集

4 洪亮：大學時期就開始的綽號，起因正是當時跟崇鳳是室友，而她去看鹽水蜂炮炸傷了耳朵聽力受損，所以我從那時候就很習慣大聲地跟她說話，久而久之嗓門大就傳開了，而有了「洪亮」的封號。在東部因為賞鯨解說的關係，這個「渾號」倒比本名被叫得響亮。

著一桌討海人，此刻他們「戰湧」的沙場不在海中央，而在將士象車馬砲爭相奔騰的方格牌桌上。

4

我一直沒有機會問王伯，那一天晚上他怎麼沒來看脫衣舞，王伯「妻管嚴」是出了名的，除了在海上看到「尖仔」會拍手叫遊客趕快拍照之外，我並不了解什麼事可以讓王伯快樂。

但我永遠不會知道答案。在我研究所快畢業前夕，解說員群組傳來消息，王伯突然離開了，在回航的船上往生的。「已經回港了啦！他在收繩索，我檢查完船艙的救生衣之後聽見『碰』一聲，走出來看王伯就躺在小多船尾，叫不醒了。」當班的解說員貝貝紅著眼眶跟眾人說明她目擊的狀況，當下送慈濟急診時已經無法自主呼吸，昏迷指數低到大家心裡有數，當我們把握最後幾天從臺灣各地飛奔回到花蓮衝到加護病房外想給他加油打氣時，葬儀社的人員已經等在旁邊跟家屬討論各種喪葬方案。

王伯走得很快，心肌梗塞讓他沒有痛苦太久，卻足以把我們都等了回來。除了遠在外地的兒子女兒之外，王伯沒有太多親戚，他所有的朋友都在海上，包括老搭檔鑫伯和我們一眾年輕的解說員。在船上相處的時間長，也許我們跟王伯聊過的天都比他和遠方的孩子們來得要多，也因此我們操辦了王伯所有的身後事，事情來得突然，我們鮮少與王伯的家人們接觸，也直至這時才知道他家境清貧，討海不是個穩定的工作，尤其是在逐漸無魚的海，他始終在各個船上幫忙當基礎船員「海腳」，累積的財產不足以辦一場體面的告別式。

為此我深深地感慨，對於海上這些長相左右的老討海人，我們到底認識了他們多少呢？那些在賞鯨途中偶爾閒聊的海洋故事，多少次他指著遠方的水色大叫「底遐啦！流格遐怪怪！」看到鯨的機率幾乎百分之百、他去過很多國家看過很多美女……除了這些之外，我們對他的記憶殘存著什麼呢？而這些看似輕省無意的玩笑話和毫無根據的冒險故事，就這樣在海上隨著海風輕拂，散佚在充滿鹽味的海浪潮中；一班船開走了，兩個小時後一班船又回來了，但王伯已經不在，永遠隨著最後那一道流格，自由自在地漂走了。

5

辦完王伯的告別式之後，我很快地結束了我的畢業論文，急著想要回到花蓮來記錄這些老討海人的故事。對我而言王伯驟然離世彷彿一記警鐘，醍醐灌頂：我要回來記錄花蓮港這些老討海人的口述生命史。

也許是再也不想錯過了。

我的人生裡一直沒有爺爺或外公，家族裡的基因好似男性總是早逝，我未曾見過家中的男性長輩，也許因此沒有特別想要相處的渴望；甚至在童年時，因為曾經在兒童補習班裡被年邁的書法老師抱在腿縫間上下其手，那股帶著老人體臭味與男性疲軟的慾望及假意的謊言，曾經一度讓我感到被觸摸過的胸部和下體十分骯髒。那陰影長久包圍著我，很長的時間我不敢與男性長者過於接近，特別是他們陰翳的眼神；然而這樣深層的恐懼，卻在面對討海人時被蒸散了。

在海上我們極度依賴討海人的經驗與智慧，尤其是駕著船、引領航行方向的老船長們更是權威莊嚴的存在，他們皺黑精實的臉和久望大海到幾乎白內障的灰黑色瞳孔，都是大海烙上的痕跡，如同傳遞海洋密語的巫者，海是我們一致的信仰——即便他們幾乎都吃過鯨豚肉，卻無損半絲我對他們的崇敬。

若要說大海、漁港是我的研究「田野」，我會非常清楚地知道這個「田野」是有性別的。如同港口的脫衣舞女郎、檳榔攤賣茶水的阿姨、討海人們再娶的越南或大陸新娘、總是來到港邊等待船隻靠岸抛接繩索的船長太太……停泊漁船的內港年輕女性身影不多，船上作業的幾乎都是男性與外籍漁工。因此我的採訪工作總在一邊被「虧」一邊口哨四起的男性群體中進行，然後在一罐罐臺啤金牌豪邁「柴罐」之後往往順利達陣，討海人願意跟你喝酒就願意跟你講真話，我的酒量是這樣練出來的，田野也是這樣「蹲」出來的。

船長們的記憶於是成了一則又一則被記錄、流傳下去的故事，海上驚魂、靈異事件、無魚之海、遠洋喋血……每位船長口中驚濤駭浪的聲線在錄音筆與酒瓶之間被安置，它們這樣活生生地被保留下來，不會再像王伯的故事一樣，船過水無痕地飄散。印象深刻的是，某個傍晚我在港區訪談了一位正在流刺網層中補網的船長，他告訴我流刺網不好：「魚都被抓光了！這種網具傷害性太大，大小通吃。」但是他毫無辦法，他說自己人微言輕，曾經跟漁會建議過淘汰這種漁具，但政府沒有配套措施，淘汰漁具等於就是把漁民的生財工具給收走。「都說要轉型成娛樂漁業啦，但我們這種沒有資本的老漁民要怎麼跟人家競爭呢？」老船長幽幽地嘆了口氣。「妳剛剛是不是提到王伯？」他突然想起什麼一樣說：「他跟我說過花蓮應該要劃漁業保護區啦！妳信否？」

港邊天色漸暗，老船長起身準備回家，他佝僂的身影不似王伯靈巧，卻讓我想起海上盤旋的小燕鷗，和王伯一邊曲著手指模仿遊客擺拍「耶！」的動作，碎唸著說「尖仔啦！真乖真乖，快拍照！」的身影，在向晚的海上。

呦呦鹿鳴

1

自花蓮港向陸地的北邊延伸，蜿蜒進一九三縣道的防風林，右手邊屬東，妳那巨大的深藍宇宙便快速在木麻黃的間隙裡飛逝；而我要向西，順隨這一條灰色絲帶前行，接上寬大筆直的台九線，在一個路口向左拐入一座紅色門樓，進入到奇偉的太魯閣國家公園，便沿著這條長長的灰色絲帶向上盤旋，攀升、攀升，穿越風雲雨霧，抵至高點武嶺之前，鑽入島嶼的心臟地帶，一側是平易近人的合歡群峰——我的啟蒙老師；另一側則是威武莊嚴的奇萊稜脊——我的祕密天堂。

夜半醒來，谷地好安靜，一點風吹草動的聲響都沒有，只剩下身旁夥伴均勻的呼吸聲。太安靜了，呼吸聲鮮明到我以為我們是此地唯一的生物。

黑夜裡，我盯著帳篷頂端發呆，「呦！」一聲鹿鳴。

那麼清脆、那麼響亮。

我在睡袋中微笑，靜聽鹿鳴迴響山谷。那頭水鹿近在咫尺，隔一層薄薄的外帳與我們相距不到兩米吧……鹿鳴稚嫩，聽來像青少年的年紀，發生了什麼事呢？

「呦！」第二聲。

隨後，三聲、四聲、五聲。牠連叫五聲，隨後消失不見。

我們如此相遇。這個谷地，充滿生命。

想起昨夜入睡前，至帳外如廁，才剛出帳，「水鹿！」就聽見夥伴低喊，我忙不迭用頭燈探尋黑夜中晶亮的眼睛。

噓，不要輕易發出聲音，只是站在那裡，默不作聲看牠們移動。我四顧草坡，在心底細數……九隻！九隻水鹿包圍了我們的帳篷，全是母的，牠們的眼睛在頭燈的照耀下閃著星星一樣的光芒。

「嗨，你們好嗎？」我也閃著晶亮的雙眼，眨呀眨地與牠們招呼。

三隻大膽鹿來到夥伴方才撒尿的位置，津津有味地舔舐起來，我們後退幾步留空間給牠們，其他兩頭鹿試圖上前，卻被正享用的鹿喝止，那頭鹿幾乎站了起來，鹿腳有力地向前踢，作勢威嚇。

牠們要打架了嗎？我睜大眼。

鹿蹄舉起又落下，如牛一般咚咚踩在草地上。我像個孩子一樣目不轉睛，水鹿的一舉一動深深牽引我，不想輕易離開，試圖靠近牠們，躍躍欲試——那只是一瞬間的事，鹿群似乎在某個瞬間得知了我的意圖，牠們一隻隻抬起頭來，看向這頭。有那麼半分鐘的時間，雙方就這麼互看著，沒有任何動作。「牠們警戒了。」夥伴低語。

於是決定關掉頭燈，放棄強而有力的光照。頓時周遭山谷陷入一片漆黑中，看不見牠們沉金色的眼，無法判斷牠們的位置與狀態，卻因此清楚聽見了各種不同的聲響……張大耳朵，感覺到了，牠在後面！明晰的水聲，我幾乎能感覺到水波的擴散——一頭水鹿在後下方的積水池中移動，我聽見鹿腳劃開水池的聲音，仔細聽，那聲音有方向性，牠朝左側移動，那水聲真好聽。靈敏的聽覺一旦開啟，四面八方各式窸窸窣窣細微的聲響都鑽進耳朵：誰的身體擦過了箭竹？誰的蹄子踩踏了草坡？誰用鼻子吭了氣？誰正在啃食草葉？連咀嚼的聲音都聽得見……老天，失去視覺，卻能在心中勾勒一幅鹿群的夜行日常，我從未這樣感受過牠們，透過感受，去理解與觀察，牠們的狀態、牠們的動靜。

牠們常來嗎？除了吃草、喝水、行走和遊戲，牠們還在這裡做什麼？渴盼知道更多，多想再逗留更久一點。

野地的引力，來自於生命與生命的相遇。

再次把頭燈打開，牠們的眼在夜裡安之若素，盯著牠們，我心鼓動如潮。「謝謝，晚安。」意猶未盡入帳，發現自己像孩子一樣亢奮莫名，又有現在的成熟泰然，既開心又平靜，一股奇異的滿足漫散在帳篷間。

這片谷地如此深刻連結著我，諸多關於這裡的記憶湧現，無論是現實或是夢境，我的來往、我的存在，也成為山谷生命力的一部分。而我不能輕易告訴你谷地的名，請允許我保持緘默，這是我的祕密天堂。

2

那不知是什麼時候開始的，規律每天走八小時的路程如打卡，一天一天的山屋或營地、登頂或撤退，面對傳統的登山模式我逐漸感到困惑，尤其是經過一棵百年老樹只望一眼就又必須舉腳向前時，內心空蕩……不能停下來嗎？

那不知是什麼時候開始的，遇見了另一群夥伴，不時隨孩子們或成年人一同入山，學習成為自然引導員。雖是登山，卻不一定登頂、沒有非抵達不可的目的地，而是覓尋一處喜歡的地方紮營，在那裡生活起居、學習以及遊戲。

而我總難以自持地在奇萊的草坡山谷，想起夥伴阿銓和小八。成為自然引導員之前，他們是野生動物研究者，這裡是他們的研究之地。不止一次從小八口中聽聞，他們如何在山裡長待、如何熬夜守候、如何安全抓到鹿、又是如何穩穩放了牠……熱切的口吻中夾雜著對動物深厚的情感，願為了某種動物一次又一次入山，追蹤、捕獲、釋放、追蹤、捕獲、釋放……隨後將資料帶下山，為人類的自然科學補充更多數據以佐證。

阿銓不若小八滔滔不絕，他生性寡言木訥，但只要在山徑上遇見骨頭、排遺、任何與動物有關的一切，隨便一個發問，他會源源不絕地訴說。晶亮的眼閃爍著長年駐足山林與動物交會的光亮。「看，鹿毛！」他拾起骨頭旁一根細細的毛髮，猜猜看，這是哪個部位？

我珍愛這些夥伴，他們身上帶著我無從領會的經驗、覺察與知識，一年三百六十五天，阿銓有兩百多天在山上，為水鹿、穿山甲、麝香貓或黑熊東奔西跑，時常下山後兩天又要上山、時常裝備還沒乾背包又要上肩，這一再往復地出入山林，只為理解不同生命的存在。

於是，深夜躺在帳篷裡，聽見第一聲鹿鳴時——「阿銓，牠在叫什麼？」連叫五聲後消失，「阿銓，這是什麼意思？」心裡湧現諸多好奇，就像小時候站在欄杆外眨巴著眼看著動物園的大象林旺一樣……唉，如果阿銓在就好了。

生命的相識不能只是驚鴻一瞥，這世界有多少浩瀚深邃的交會已為我示現而我卻尚未領會？

就連星星，也帶有訊息。

上一回來，在一個粉紅色的黃昏，夥伴們搭起帳篷，我則單人露宿，發現谷地某處有人露宿過的痕跡，上頭已鋪好箭竹，並覆蓋一層柔軟的玉山針藺。我歡天喜地接手這個角落，放上地布與睡墊，幻想在滿天星空下睡著，卻在大霧中入睡。夜半被悶醒，睡袋裡翻來覆去，太熱了透透氣吧，半昏沉間開了露宿袋一道縫……這是什麼？滿天的星星！星星多到我覺得世界太過華美，集結了全宇宙晶亮的祕密閃爍，我驚得呆了，躁動多時的身體瞬間被安撫：「謝謝你。」忍不住跟星星說。

夜空華美，鹿鳴呦呦，兩三聲像某種遙遠的鈴聲，噹噹響徹魔幻的谷地，這回不再把露宿袋蓋上，只用領巾罩住口鼻，這麼看著看著就闔上了眼……隨後看到一個畫面——一片平靜的深藍色大海，沒有波浪，純淨而美麗。意識到即將出航，如古老的水手一樣渡海，我沒準備好，湧現抗拒之心，畫面便由深藍外海一轉而至有著紅綠燈塔與水泥防波堤的花蓮港，再至地底的山洞裡，我帶點驚懼又抱持好奇地沿著山洞深處探去，在曲折的山洞末端看見一個金髮女孩在窗口跳舞，窗外，竟仍是一片日光灑耀的湛藍深海。

不久便甦醒了，朝陽把谷地西面的草坡染成了金色。打開雙眼我惺忪地望向天空，星星送我一個夢呢，引我穿越黑洞，看見光之女舞。思及那自始至終都未曾觸及的藍色深海，「你要告訴我什麼呢？」我望著逐漸轉亮的天空發問，實則對自己提問。

那個早上沒有水鹿到來，卻深刻記得黎明的呦呦如天使敲鐘。我對這片山谷、這裡的生靈，所知是那樣粗淺，如高山的氧氣一樣稀薄，卻因一而再再而三地造訪，而感受到更多無言的智慧與奧祕。

不同於一般思維，古老的原住民族之於山裡的夢境有許多的觀察與解釋。小八與阿銓對夢境都不陌生，他們山野調查之餘，也同部落耆老學習。多年後，我們在自然引導的場域裡結識，有他們陪我閒聊動物、生靈、以及夢，再不是當初那個看見水鹿就想拔腿急追、或拍照為證以昭告天下的莽撞傢伙；也不再是那個毫不在乎夢與潛意識的運作，一口咬定無夢就是最佳睡眠狀態的鐵齒女生了。

我的掌中有三稜鏡，觀看這世界的方法有一百種。人如此渺小，而山無所不包。

3

生命沒有獵奇，若不能只是驚鴻一瞥，便是深刻交融。如同魚之於討海人，不一定優美，也沒有浪漫。

想起另一個山區的他與牠。

溪流上方的山坡地，有舊部落殘存的石板屋。入睡前他說要去溪邊看同伴試用自便編製的漁網捕魚，順便幫我洗大鍋子。下溪後他卻發現，沒有任何頭燈光束逗留在溪裡，倒不約而同都打在上方的樹叢、或對面的山壁上。他隱約知曉這一夜與他的想像不同，卻不願承認，直到一聲槍響劃破寂靜的夜，心狠狠地震了一下，洗鍋子的手突然間停頓，未曾有任何狩獵經驗的他在心底大喊：「你們快逃！」身體卻自顧自起身往上游快步走去，空氣中漫散著不安與渾沌，這與往常熟悉的登山生活相去太遠，他抬頭看望天上的星星祈求給予內心平靜……又是一陣槍響，六神無主之間，突然樹林竄出一隻什麼，從對岸峭壁上閃現大鹿角的黑影他判斷是一隻公鹿，自高處以極快的速度俯衝到溪底，他清楚聽見了隨之滾落的碎石，和心裡那瞬即崩落的什麼同步。公鹿的身影他一點也看不清楚，卻知道牠往下游狂奔消失不見。「好險，逃掉了啊……」他為牠感到慶幸。

才剛剛鬆懈了心神，下一刻右側山壁上卻摔出一隻什麼？在他還來不及反應的時刻，「碰！」一聲巨響撼搖了整個溪谷，他呆掉了，他沒聽過那種聲響，幾乎把他整個魂魄都震飛了……黑夜裡他隱約看到，有一團什麼墜落到一處平整的岩面上。

對面山壁上出現了人影，其處理的連續動作相當乾淨俐落，他一愣一愣地看，明明不想面對卻沒辦法別過眼，如同默劇一般，生命如花，眨眼即逝，那他在山裡看過幾次的飛躍靈動的身影，象徵蓬勃生命力的牠，這麼硬生生在他眼前，以夜燈投影的形式在他面前揭曉一切：摔落、流血、死亡。

彼時我和阿銓睡了，只知道我們極為敬重的布農族老獵人tama[1]一如往常地帶著「拐杖」[2]去「散步」[3]，小八與另一夥伴同行。我知道可能發生什麼事，這是tama的日常。所以出發前當他提及一起下溪順便幫我洗鍋時，拿著鍋子的我竟有些猶豫，該支持他前去，或勸他早點休息，鍋子我洗算了？他卻說什麼都想去溪邊看捕魚，那一樣是狩獵——只是這回不是魚，山給出了一頭水鹿。

登山十數年的他，首度進入部落生活的日常。再怎麼縱走臺灣山林，精於判圖定位架繩確保或荒野求生，都不曾參與過動物生命的消亡。若不曾見證死，只欣賞生之丰采，生命的重量也未免太輕。但老天爺，他來不及消化這一切。

對岸傳來大聲的傳喚，要人過去幫忙抬鹿，他卻無法動身、他不得動彈，嘩啦啦的流水聲成為遙遠的背景，說時遲那時快，身後竟竄出兩個夥伴快速過溪協助，他忘了他怎麼回到營地的，他懷疑自己是不是在作夢。

大概就是因為，太真實了。

1 tama，爸爸。布農族語中的父輩敬稱。
2 拐杖，獵槍之意。長者持槍如撐拐杖，拐個彎稱呼槍枝，一切平常。
3 散步，打獵之意。布農族出獵不明說，認為說白了會被山靈知道。

隔日，我們到冰冷的溪水裡拖出泡了一夜的牠，是頭母鹿。在溪畔向母鹿道別與感謝，剝了牠的皮，帶回營地切塊，部分現煮分享給眾人食用，部分煙燻後揹下山。解剖過程中發現牠懷孕了，胚胎還好小，一位夥伴「啊！」了一聲，說有人昨夜夢見一個懷有身孕的女子撫著肚子在哭泣，夢中他與那位女子相擁，情感流動，無須多言，兩人都明白此後一別，就不會再見面了。

夢為我們預告了一切。「為什麼要殺？」他終於忍不住發問，眼白帶著血絲，滿是困惑與哀傷。

「這是 bunun[4] 的生活，山就是他們的家。」我看著他，如同看著第一次經驗深刻撞擊的自己。「你不也天天吃肉嗎？每一口肉食，都有殺啊……」如此，我們對每日入口為我們存在所犧牲的生命，那些雞鴨豬牛羊，有了更多覺知。生命是彼此交換、彼此成全。此後，除了好奇與嚮往，更多是疼惜與敬重。

若水鹿有知。

一雙年邁的手拍了拍他的肩膀，tama 慈藹的眼睛笑起來把皺紋壓得好深，歌唱不出來，老人家溫柔地說了一個神話回應；小八望著他，眼中有話，一言難盡；阿銓沉默坐在一旁，手裡把玩著一根樹枝。

我就看著那根樹枝轉呀轉，轉出這一條漫漫長路：從野放到狩獵、從動物保育研討到部落山林生活，這些人一次又一次與生命近距離交手，內心迴轉不下千百次的衝突矛盾，親身參與、理解、辯證、並且不停止思索，任山的野性把生命的視界拓展至無限，那是至今仍持續梳理的，我們蒼白空乏的生命教育。

下山後，他細細密密地把經歷都寫了下來，我從未見過如此認真記事的他。這位山社至親的學長，帶我長大。從此以後，我們聊到動物與食物時，他的口吻總多一分慎重。

4 bunun，布農族。族語中此單詞為「人」之意。

4

清早的谷地，寧靜出奇，粉紅色的雲霧自山坳處飄移過來，緩緩沉降在谷地間。只有瓦斯爐轟轟作響，燒煮著熱水，我打開可可粉的包裝袋，準備一會兒搭配麵包抹果醬食用。再沒多久，就要叫夥伴起床了。

靜聽風響，我知道牠們在。

早餐過後，眾人出帳打包，一隻公鹿威風凜凜自山稜線走下草坡，從容優雅的氣勢全然不受我們的存在所影響。壯碩的體型充滿力量，高岔昂揚的鹿角如王者頭冠，不理會人類的笑語喧嘩，牠兀自漫步在山谷間吃草，偶爾抬頭，看看我們。

還是忍不住想拍下牠，不為證明什麼，而是深自珍惜這樣的相遇，我唯恐忘記。是的，我們參與死，也見證生。唯有如此，生命得以有延續下去的理由；唯有如此，活著，多麼豐盛。

如果妳不曾擁抱過海

妳述寫的山，寧靜中帶著澎湃。

高山上我未曾見識過的日與夜已夠生動精彩，而夜裡箭竹叢中舔著人類氣味的霧中水鹿，則迷幻得像是出現在夢裡的獨角獸，或者冰藍極地海中的角鯨——總有一天我要親眼瞧瞧牠們。

1

是這樣狂熱的慾望讓我想探索海的。

賞鯨船上常常偶遇海中生物，除了每一種性格、樣貌和族群性的鯨豚之外，船隻航行過後浪花中驚起如流彈一般四射的飛魚，長長的胸鰭在海上滑行數米，張鰭如翼，鰭的顏色有時藍得像寶石，有時透明得如水晶，有時更斑斕如豹；幸運的時候我們有機會遇見鯨鯊，大型的洄游性魚類，若妳見過牠肯定忘不了那又方又圓的大嘴、優雅緩慢擺動著尾鰭經過船舷如同一道移動的星河。

在幾次央求駕著「金發漁」號的討海人溪伯讓我們一起出航捕魚的經驗裡，印象最深的一次是在海上以鏢刺漁法出海鏢曼波魚，另一次則是透過延繩釣抓鬼頭刀。學名翻車魨的曼波魚看起來又呆又笨，英文俗名是海洋太陽魚，有時會橫躺在接近海平面的地方「曬太陽」，小小的白色胸鰭一露出水面，馬上成了討海人追捕的線索，有時一出現就是雄魚跟雌魚一起，對船家來說這「一鏢雙魚」的好康當然是絕不能放過的好機會，鏢手迅速站上鏢魚臺單手提起重達數公斤的鐵槍，瞄準魚身射向深海一鏢入手，等到魚停止掙扎後，接著透過船上的起重裝置，將重達幾百公斤重的魚體吊上船，環鉤往往穿透眼睛，曼波魚的表情看不出來疼痛，我無法想像眼前已無動靜的曼波魚十分鐘前還在悠游地曬著太陽，藍色光束穿透水面波光閃耀在牠們的身上，牠們可能是一對情侶正在約會，也可能是一對母子正在享受飽食水母後的小憩時光；但當牠們被吊上船，我只看到討海人臉上滿意的微笑，如同剛剛一陣大雨之後的晴空與大海之間，那道五味雜陳卻又光譜分明的彩虹。

「光譜」，是的。這是後來我理解生命與生命之間關係的一種方式。

對於討海人而言，大海是戰場也是生存之地，漁獲是海洋送來的禮物，而自古以來討海人驕傲的鏢魚技藝是海洋經驗的傳承，當一個經驗老到的鏢手站上鏢臺，拿著魚槍瞄準獵物的時候，在白浪滔滔上下起伏數層樓高的海面上我看到的是生命與生命之間的對決，鏢手同樣以命相搏，當曼波魚或旗魚在看不見盡頭的海中被鏢槍射中，漁線另一頭拉起的是旗鼓相當的可敬對手，牠們同在千濤萬浪的挑戰中筋疲力盡，直見勝負，活像現代版的《老人與海》。

不同於機械化之後的各種大型船隻與網具：造成混獲及鬼網嚴重的流刺網、大型底拖網或圍網；目標明確且有限度利用的鏢刺漁業、陷阱式的定置漁網和河海交界常見靠海民族利用的八卦網；冬日夜裡在海口以三角網人力捕撈鰻苗；近岸漁業在母線上設置魚鉤的延繩釣等漁法相對友善，因為了解過程，我因此願意接受光譜某端的動物，變成餐桌上的食物——即便某次出海時親眼目睹海裡吃餌釣上來的鬼頭刀，一拉上船後海面下亮藍佐綠、黃銀相間氣勢非凡的美麗體色，瞬間在甲板上跳動掙扎的過程中，一點一點染上死亡的色票，不到一會兒就褪色成一禎舊照片、牠在海中快狠準穿梭追逐著飛魚、凶猛靈動的眼神從咬餌剎那不服氣地扭身掙扎，逐漸顫動到認清命運的絕望慘澹——一次一次由生到死的過程衝擊著心跳，我依舊徘徊在我的光譜之間，當死亡的氣味過於強烈，我也許寧願轉身向生。

2

親愛的，但從來沒有人教過我們，如何面對死亡。

從小到大的教育裡，沒有學校告訴過我們，殺戮之艱難、生命的倫理，甚至沒有讓我們知道那必須經過什麼樣的過程，讓一個與我們共存於地球的生命成為吞嚥下肚的食物，或有什麼理由牠們必須被人類圈養、囚禁起來供大眾觀看或娛樂？我們與動物之間的關係，在《動物保護法》這套名為保護動物的法律上仍以人為主體，以人類如何「利用」牠們來定義分類：供人類進行藥物研究、化妝品開發的小白鼠們就被歸類於「實驗動物」；供人類買賣食用、交易的畜牧產業如豬、羊、牛、雞等肉品，則被歸類於「經濟動物」；動物園、海洋公園裡透過表演觀賞讓經營者獲取財富的叫「展演動物」；而馴養歷史悠久早已融入人類生活之中成為寵物的「毛小孩」等貓狗，稱為「陪伴動物」。以動物對於人類的功能取向去命名，雖然是法律需要「定義」保護對象的一種歸類方式，讀起來仍不免充滿了矛盾與冷漠——這是在二〇一五年我開始在黑潮基金會工作擔任執行長，探討圈養動物議題之後，才慢慢辯證出來的學習。

「當我渴望學些什麼時，我只是為了瞭解自己而不是為了教育別人。我一直以為在教育別人之前，首先應當做的便是自身去探求知識。」法國思想家、哲學家盧梭，在《一個孤獨漫步者的遐想》中提到。若是曾聽聞過盧梭的種種軼事，就會觀察到他不僅是個主張「文明社會不平等」而決意透過離群索居、拒絕繳稅來實踐他所信仰的真理的先驅者，更是窮盡一生在對抗社會體制，努力掙扎浮沉於「社會漩流」的深井，以意志和行動走出自己向世界、向自然追索學習之道的真誠信徒。

也許正因為我們的教育對山、對海、對這片土地如此匱乏，才吸引了我們向外探索的那股慾望吧！記得嗎？當我們在那麼年輕時來回往復東海岸，到後來一起往中國數個邊疆城市背包旅行，在每一個當下的觀察與感受，都真切得比教科書來得有意義，以至於當時的我們曾誇下豪語說，老了之後我們來做雜誌吧！「什麼主題好呢……」妳歪著頭想。

「當然是閱讀與旅行啊！讀萬卷書行萬里路，中間沒有『不如』，而是都需要！」我理直氣壯地說，那麼理所當然的答案，到現在我依舊深信著，只是後來的我們分別用所謂的「自然引導」、「環境教育」這些名詞來嘗試了，試著用文字、用活動、用肢體、用感官，試著帶領／陪伴那些和我們一樣長期生活在山海教育與生命教育缺席之下，也對自然感到心動而躍躍欲試的大人與孩子們。

在我寫作的此刻，妳正帶著幾個孩子上山，我在和妳通話的背景聲音中聽見他們夜觀，帶著小手電筒尋找到幾隻甲蟲而開心激動的聲音，電話這頭的我笑了。如果小時候也能有這樣的經驗，有人能夠告訴我們山裡有什麼、住在溪邊的動植物有什麼習性、潮間帶生物多麼迷人、海洋裡那完全超越陸域知識的地景、生物有多麼豐盛瑰麗，當我們與這些生物相遇時又該如何調整心態，去尊重、理解、互動或只是靜靜地凝望，感受生命奇蹟般的相遇……如果生命中曾有過這樣的經驗，我相信這世界不會一樣的。

3

如果學習可以從「玩」和「感受」開始，那會多麼有趣呢？

在工作期間，我有許多機會受邀到各個國小、國高中、大學去進行一堂課的演講或帶領，有時甚至是走出戶外的淨灘活動。在短短二至三小時的接觸時間裡，要讓孩子們對妳想傳達給他們的內容產生興趣，而不是從頭睡到尾，真的是另一種挑戰。

我遇過最挫折的一次大概是在某高中的課堂上。當時我仍像是對大眾演講一樣，透過簡報和短片來進行演講和交流，沒想到這群第一學府的孩子們完全視我為無物，坐在教室最後排的交頭接耳，一顆籃球放肆地橫空傳來打去；坐在中間排的孩子則是毫不遮掩地掏出數學、理化、英文課本，如同這堂是自修課一樣，指考當前，「老師妳講的東西又不會考！」他們毫不留情地告訴妳，在升學主義的大纛之下，妳費盡心思在臺上搬演的環境、海洋、汙染、保育，離他們根本就太遠了，現實的孩子們甚至在我眼前戴起了耳機，彷彿我只是惱人的背景噪音——那堂課就在我滿溢的羞辱感之下結束了。

當我滿懷怒氣回到辦公室，嚷著再也不去某高中上課了，心裡只想著如果孩子們沒有真心想要學習，那麼何必浪費彼此時間呢？我桌前還有堆積如山的議題和研究案要處理，永遠做不完的工作在背後追趕……突然間我停下來，愣了一下：其實我和孩子們面對的處境，沒有什麼不同啊。在所有課程都是被「安排」好的節奏之下，這些學生們失去了主動學習的動力，他們心中滿是升學壓力，分數、考試、背誦、理解知識，也許連感受環境、談場真實的戀愛時間都沒有，唯一能夠發洩體力可能就是課後在籃球場射個三分球灌籃、在交友軟體上關注一下心儀的女孩們。相較之下，廣袤的太平洋雖然就在校園高處舉目所及的地方，然而卻與他們的生活沒有連結。以這個背景為前提，再用簡報、影片來與他們談論環境，確實難以勾起興趣——「沒有不受教的學生，只有沒創意的老師！」我腦中猛然躍起這個念頭，重新思考了自己的所謂「教學方式」，決定下回來個絕地大反攻。

果然，在第二堂課時我帶著大張海報，一開始就屏棄了電腦和投影機，打散了教室的排序和座位，讓孩子們分組各自尋找適合討論的角落，由我來問問題，他們負責查找答案，將海洋面臨的問題、挑戰和可能解決方案由各組討論，再依序上臺報告，我允許他們用手機搜索資訊，趁機在報告的時候回應資訊的正確與否，以及請他們思考是否有反面的聲音。一堂課下來一樣是雞飛狗跳，但這次他們抽離了數學、物理、英文課本，摘下了耳機，嘰嘰喳喳的內容不再是無關的閒聊，而成了回答問題的辯論。在這堂課裡，我成了引導者而非知識的灌輸者，帶領孩子討論和思考問題，聽他們的疑問和查到的資料，聆聽著常識與知識之間的輪番對話，加上他們每個人自身獨特的經驗，每一組報告的大字報各自呈現風格，這些孩子們彷彿從喪屍狀態回神過來，就像機器人突然有了思考能力一樣，每一個人的性格、面貌都鮮明立體了起來。

那堂課我是哼著歌回辦公室的。

教學相長，我終於也在挫折中找到引導孩子、與他們對話的一些小訣竅了。有時候翻轉處境一想，我們不也都曾是中文系最叛逆的一個班級，厭惡背誦那些百年不化的「國學常識」，在老先生日復一日抄著整齊板書搖頭晃腦釋義的當下，我們手邊早有學長姊流傳下來的萬年筆記，整堂課都在打瞌睡或讀自己喜歡的小說、忙著處理社團事務或傳傳小紙條；然而一到汪其楣老師的戲劇課、翁文嫻老師的現代詩課，我們就像注入了新血一樣，專注、充滿好奇與熱情，尤其是舞臺劇的排練更是繃緊了皮，深怕被勢如女王的汪老大當場丟筆叫我們滾下臺重新揣摩……啊，我們都曾是臺下那些仰望著繁星的小小盼望，期待著自己在茫然的星空中能指認出夏季大三角，看懂星系裡的奧妙與連結，渴望著當點連成線、再構成面之後，牽引而出的精彩故事，讓我們入神地進到情節裡，而自然而然成為讀懂星空、海洋、高山的領略者，為嵌入腦中的知識、打中心窩的感受覺知真正的欣喜與感動；而所謂的「老師」也許只是一個介質、引導者，牽引出萬千世界的線索，讓孩子們各自選擇一條線頭，願意刨根挖土至地心那樣的好奇，去經驗、去領略、去創造、去愛。

4

後來我發現自己沒有什麼企圖心了。

對於所謂的「教育」這件事和「倡議」態度不同，它是萌芽的起點，而沒有正確的答案。當現行的教育體制過於僵化，我們便提供選擇；當校園成為圈限，我們就開創自由的原點；當升學主義只要求標準答案，我們就讓殘缺的成為美，讓不合理成為詩，讓所有的正確答案動搖，重新翻轉另一種思考的可能性——或者就丟棄那些不被重視、「不會考」的救生圈，考驗自己一躍入海的勇氣，擁抱那深不見底的溫暖水團，被承接、包裹，然後耽溺其中，學會信任與放鬆。

也許多年以後當這些孩子有機會上山野營，在漫著霧氣的夜裡沒入箭竹林小解，一轉頭發現被眼睛發亮的水鹿群包圍時，那瞬間驚醒的睡意如同夢境，不需要翻開任何一本教科書，他便與鹿相識了。

人之初

親愛的，在成長過程中，我被賦予繁不勝數的教條和限制，欠乏玩耍。有時想想，明明已如此乖巧懂事，為山海為世界伸張正義，未來卻依舊黯淡無光。

所以我拋掉了道理，如果可以，就讓我跳下去——

1

小八爬上左側的岩壁，背對一汪深潭，在許多人還來不及反應的時候，便後空翻下水了。濺起些許水花，引來一陣騷動。

我盯著另一面右側的岩壁，心癢難耐，走到角落脫掉上衣和褲子，嘖，沒有內衣可不是不能跳水的藉口，拉下頭上的魔術頭巾，穿過兩手，完美遮住重點；好在內褲是黑色的，看不清楚就當它是泳褲吧！

那裡有一股奇怪的引力，唆使我動身，即使那個高度看來有些驚人，即使過去我不曾從這麼高的地方跳水，但是我想去，就算沒把握，還是要上。深潭是水汪汪碧青色的眼睛，岩壁濕滑，風順著水流的方向鑽了過來，一陣涼爽更令人清醒。抓穩突出的岩點、腳踩上苔蘚，呼，爬上方才小八跳水的位置。我盯著右側那面高大的岩壁，繼續向前，刻不容緩，赤腳涉過一個小滑瀑，站在山壁前思量著上攀路線，看準了，手腳並用地一踩、二攀、三蹬，走上這一側山壁。隨後，感覺到下空處岸上的人忽倏都安靜了下來。

呃，太高了嗎？

小八的身影驀地從岸邊快速地移動過來，用手比了個「X」的手勢，提醒地勢危險請三思，注意深潭水底左側有大石頭，右邊則是滑瀑，看準有限的跳水區域，看準了嗎？看準再跳。

我有點無辜，這一停留，反而接收到眾人無聲的仰望，有孩子在屏息。時間突然變慢了，我開始緊張，大家在等待什麼？有什麼即將要發生嗎？

眼前的風景如水波一樣開始晃盪、擴散，我害怕了起來——如果跳失敗怎麼辦？此舉是在回應眾人，還是在回應自己？記起初衷，眼神慢慢篤定，好好盯著內在那呼應水的渴求，那是一股強烈的動能，不要問我為什麼，我得完成它。

就這麼往下跳，沒有捏鼻也沒有護頭，我訝異自己這麼放鬆，好像壓制多時的願望，終於在這一刻釋放。如自由落體般順隨重力加速度，甜美下墜，我的身體不緊繃、心裡也不恐懼，好奇怪，我從未如此輕鬆自主地墜落。

高度並不是最重要的，重要的是放鬆，是心甘情願去挑戰、去穿越，那重重越渡的難關。

在那之前，我害怕冷水，長達三年我遵照中醫師的囑咐告誡自己虛寒的體質不要輕易碰水，何況海拔三千公尺之上的南湖溪！

破水一刻，我忘了冰冷，沉入水中央，兩手划著划著浮出水面，隨後積極地游了起來，「生命！生命！」腦袋裡只剩下這個詞。岸上的孩子和夥伴們在歡呼，聽來有些遙遠，我不在乎，只想舒暢地踢著蛙腳，順著這碧青色潭水的輪廓優游，感覺自己像一條魚，搖擺、轉圈，玩心一起，跑上滑瀑順隨水流滑入深潭，聽見自己咯咯咯的笑聲，像孩子一樣快樂。

怎麼會，完全忘記對寒冷的畏懼？直到走回左側岩壁，躺下曬太陽，不停發顫的身體像通了電一樣無可抑止，才意會到溫暖降臨。石頭吸收太陽的光熱，透過粗糙的岩面傳導到身體裡，溪水的冷冽刷新了我，寒毛盡豎起、毛細孔在歡呼，身旁夥伴來去，孩子們在嬉戲，我無法遏止自己顫抖，活著、享受著，這安靜而戰慄的瘋狂。

真的，好喜歡好喜歡大自然喔！

回到岸上，女孩跑到身側：「我們等一下也想游泳……」她笑得有些靦腆。「好啊，現在就可以游！」我說。「嗯……」女孩看著不遠處的男孩子們，欲言又止的眼睛裡藏著難以言說的想望，那想望似曾相似。

想起昨天溪裡她們快樂解放的模樣，我驀地懂了，驚奇地瞪大眼：「妳們……還想再一次？」女孩點點頭，羞赧卻篤定地。

走到小八身旁細語，他點點頭，不多時便帶著男孩們往上游走去，漸行漸遠沒入溪谷旁的山徑中，該是去追蹤動物足跡了。

一群八年級的女孩子們，這回脫衣服可是毫不囉嗦，全然沒有昨天的踟躕扭捏，其中幾個女孩一下子脫個精光，全身赤條條地躍入溪水中，她們在冰冷的南湖溪裡尖叫、大吼，喊著好冷好冷好冷，笑得那麼燦爛。

不下水的女孩們則坐在大石上，仰躺著放長長的頭髮順水流去，說這裡是南湖洗髮店，一邊蹙眉碎念：「怎麼又脫光光，好可怕！」

「咦，我不覺得全裸有什麼，這樣吹風很舒服。」說話的中長髮女孩，揀了離岸最近的一顆大石，一直裸身站在那裡，沒有任何動作。她好想跳水，卻因不會游泳而無比恐懼，盯著水面猶疑不決……

「這高度下水沒多久就能踩到底，妳想跳，我們都在。」夥伴木蘭看著她。

我看著女孩盯著水面的眼睛，惶恐、逃避、懷疑、自我否定……什麼都有，唯一撐著她還繼續站在那裡的，依然是渴望。我懂得、我們都懂得，山野會迫使我們面對自己的臨界線，聽見埋藏底心的聲音。流水不息，女孩們細碎的加油打氣聲也沒停。事實上，那顆石頭真的不高，但在跳水女孩的心裡，如登天一般難。她向前幾步又後退，抓著心窩深呼吸，有那麼一刻，我走進了她深切的恐懼和憂慮，瞬間重疊上自己的，不知為何眼眶竟紅了。

我們是那麼相像，無論年歲為何。

「不跳，也沒關係。」我輕聲說。這時刻能支持她的，是無條件相信所有的發生。前進或後退都好，野地的魅力在於它廣大深邃，默聲承接，並且從不評價。

她遲疑許久，大家逐漸不再將注意力放在她身上。幾個女孩爬上高一點的岩壁跳下水，還有人去玩滑瀑，我和木蘭聊著天，某個不經意的時刻，聽見「撲通！」一聲，水花四濺——那女孩跳了！還是前空翻！

我們迅速起身，在她浮起來一刻，接收到她的驚慌，那神情極像溺水，木蘭衝上前要扶她，卻因水太淺而滑跤，下一刻跳水女孩已自己站起來了，她有些錯愕，如夢初醒，卻又像醉了一樣搞不清楚狀況，濕淋淋地走上岸時，我抱住她，她哭了，哭得那麼莫名所以那麼不知所措，我為她拭淚，木蘭過來摟住她的頸項，幾個女孩也圍了過來，「可喻，妳做到了！」、「可喻超厲害！」

我會永遠記住這個女孩的名字。

登山口分離前，可喻坐到我身旁：「崇鳳，那時候我為什麼會哭？」我告訴她：「妳通過了一道門，眼淚出來為妳歡慶。」換我問她：「那麼怕，為什麼還前空翻？」「我跳舞常練啊！」她對我眨眨眼。

自那之後，我就希望自己有一天也能前空翻。

2

人生第一次裸泳，在花蓮的砂卡礑溪裡。

那時天快黑了，玩水的人已盡數回家，只剩下我和月。月游著游著，突然靈光一閃，興奮地問我：「欸，我們來裸泳好不好？」

我錯愕不解。呃，好端端的，幹麼要裸泳？月等不到我回應，自顧自在水中脫掉泳衣，手上就這麼抓著黑色比基尼繼續划水，伴隨著她歡快激動的高呼：「喔喔，好舒服、好舒服喔！」

她的快樂是那麼真切，好像剝除一層衣服真得以永生一樣。那樣的快活鼓動了我，半信半疑也在水中笨手笨腳地將自己身上的衣物撤下，臨暗無人的溪谷中，不知為何仍懷有巨大的不安，環顧四方，真的沒有人看見嗎？

唯獨月卸下防備的快樂深刻地照耀著我，如同皎潔的月光，相信她，相信這時刻會帶來嶄新的可能。

換我也把衣物抓在手裡了，裸身划水一刻，不知為何體內湧現一股奇異的喜悅，那麼新穎、那麼陌生，我把衣物大力丟向岸邊，但衣物沒能順利抵達落在水上，我哈哈大笑，奮力划向它，感覺身體如水一般流動，毫無遮掩的快感電一般衝擊著自己，我抓到漂流的衣物了，站起身，水流嘩啦啦地落下，赤裸的身體滴著水，被暗沉的山谷包裹，終於明白月說的「舒服」是什麼——我就是我，生而如此。

在那之前，我不知道衣服可以脫下來、不知道可以一絲不掛地被水溫柔包覆、不知道可以如實把自己交還給這片大地、不知道可以光潔地只剩下呼吸如在子宮裡舞動生命……只知道社會的諄諄告誡：人要衣裝、要有羞恥心，於是把自己重重疊疊貼上標籤與印記，身體的存在如此隱晦，只要揭示，就會陷入「不知檢點」、「成何體統」的自我懷疑中。

那一年，我二十一歲。

十五年後，我和夥伴木蘭坐在南湖溪畔，面朝一群少女，開口邀約裸泳，面對她們的又驚又懼，我完全理解：「別擔心，這不過是個邀約，妳們可以自己決定……」話還沒說完，木蘭已（迫不及待）解掉上衣和胸衣，在女孩們的驚呼聲中，穩靜又自信地將頭髮撩起固定。她是那麼自在，旁若無人，以至於有一股強大而恍惚的美籠罩著她：無論我們生得如何，都值得驕傲。

於是一個、兩個、三個開始動作……後來的後來，一群裸著身子的少女們泡在冰冷的溪水中，手拉著手圍圈，一邊尖叫一邊歡笑，似乎還唱著聽不清楚的調子。我坐在大石上，著迷地看著她們，風吹過肌膚，寒毛也跟著她們歡唱。那不知名的喜悅再度湧現，撤除的不只是衣服，還有更多無以名狀的事物。

落葉如雪，順著風的線條旋轉、飄落，黃色、紅色、黃紅相間的，將碧綠色的溪水點綴得繽紛，嘩啦啦啦，時光一去不回頭，女孩們在水中央暢快大笑，綻開的笑靨如花——人就是自然。設若我們對身體能無所評價，也許我們就能重新看待自然，如同看待我們自身。

但仍有女孩覺得噁心，無法接受。還有一個女孩因此穿戴更多，將帽子和刷毛衣全都套在自己身上，重重包裹才感到心安。我撿了一個扁平的圓石，在上頭畫了一雙翅膀：「送妳。」她冷漠的眼瞬間有了溫度，身體驀地放軟，將石頭收進了口袋裡，什麼也沒說。

我是如此著迷於「人」，這複雜、矛盾、聰穎又多情的生物。

「我們去那塊石頭上曬太陽。」某女孩一喊，少女們紛紛從水中起身，在溪谷間的大石上跳來跳去，自在遊走像一隻隻美麗的動物，她們徜徉其間，星星一樣照亮了我，「人類真美！」聽見底心讚嘆，我告訴自己，要深深記住這個畫面。

這片山林帶給我的觸動和啟發是那麼豐盛，除了自然的魅力、原始的引力，包含環境教育和生命教育，甚至還有性教育——這長年缺席，始終隱晦不明的生命課題。

3

直到與小八、阿銓等人會合，才知道他們遇到前所未有的大難關。男孩們別說裸泳，連下水也不願意。強烈的抗拒超乎我們既往引導經驗的所有理解，譏諷和訕笑關於入水的一切可能，憤怒的情緒高漲，我們幾乎失去了他們的信任。

不想、不要、不願意，連帶包含數日山中的不適應與不爽快，砰砰砰一次發作：不能帶手機、不能打牌、髒兮兮睡在野地、又吃那麼簡單、還得吹風淋雨……山裡的生活又累又麻煩，我們為什麼要來？自我捍衛機制一旦啟動，爪牙伸了出來，不是攻擊就是防備，如豎起毛刺的刺蝟。

是的，我如此著迷於「人」，這複雜、矛盾、聰穎又多情的生物。

女孩們告訴我人的美麗，男孩們則告訴我人的真實。

於是我們堂而皇之走入社會的脈絡中，進行那再熟悉不過卻極需耐性的溝通。

向外冒險探索的同時，也會不經意向內走，走入內裡深深的叢林，那裡纏繞著對舒適文明推崇備至的藤蔓、對理性大腦和社會主流價值深刻信奉的荊棘，禁不起任何砍殺——親愛的，我們不需要砍殺，但我們可以練習疏伐。

那是一次漫長又辛苦的溝通。如果可以不問世事，一個人盡情在溪水裡游泳、高山上縱走就好了……可是我們不能，我們是人，群居動物，善於討論與思考。

抓一把土握在手上，山的氣息仍這麼狂野，微生物與真菌揉合草葉礦石或遺骸的芬芳，裡頭流經多少時光？若不相熟，你不會說它「香」，你會說它「髒」。而我該、我們該如何與孩子們訴說？當我見證文明與自然的拉扯如此之劇。

我沒有要保護自然，我只想與自然同在。可是我忘了，忘了我從哪裡來，沒人告訴我如何與自然同在。祂是那麼博大精深，如浩瀚的星空那樣深邃。我們只能將自己的棉薄之力全部交付，確認我們的存在是一種榮耀，頂天立地無愧於心。

那天夜裡，我獨自散步到溪邊，白日的美麗與真實已隨風飄散，幾個孩子拉著睡墊跑到溪畔的灘岸鋪床，嚷嚷著如果可以生火就好了。

回望這片山谷，多少年了，自思源啞口、松風嶺到木杆鞍部，往下是南湖溪，往上則通往南湖圈谷。而今南湖山區已廣為人知，愈來愈多學校自籌登山活動，只為給下一代更開闊的生命視野，然則我們不是這樣長大的，山野教育多無前例可循，如在蠻荒之地開路，坑坑疤疤、跌跌撞撞，有時我懷疑，我們為何要動手拆除我們一手打造的華美城堡呢？我們被豢養得是那樣好。

月光將對岸高聳的山壁打成一片銀白色，溪流閃著點點光斑，谷地的深幽寂靜令人神智清明，記起幼年那窄窄狹長的陽臺，紅磚道上滑著我人生第一部紅色腳踏車，ㄅㄚˇㄅㄨ一按就神氣成什麼樣似的。陽臺上方那一格格深褐色的菱狀鐵窗深鎖童年，外頭的天空遼闊而湛藍，而今我走出來了，星空華美、溪水潺潺，生命有無限可能。

4

下山後一個月，收到跳水女孩可喻的來信。

我回信告訴她，我學會前空翻了。

角

嘿，我應該從來沒有告訴過妳，我有一對鹿角吧？

是的妳沒聽錯，一對潔白、堅硬且高達半條手臂的鹿角，三叉如枝向上挺立，完整而尖銳。多年來，它們跟著我流浪旅行，有時出現在老行李箱裡成為我陳列飾品的擺攤利器；有時它們靜靜躺在木格子窗前任陽光灑落，陪我累極而眠；更多的時候，它們被我裝戴在頭上，偽裝成一頭公鹿，剽悍而強壯。

1

這對鹿角是一位老先生送給H的。

在某個下午溫和誠懇的H受託到老先生家幫了點忙，回辦公室之後他便掩不住得意之色地從身後拿出了那對水鹿角，H那雙笑起來彎月一般的眼睛澄澈像極了鹿，很快地這頭被我狩獵的H鹿先生，便雙手將鹿角禮物上貢奉送給了我。

老先生沒有對H說太多這對水鹿角的來歷，只提到是某次上山時他撿回來的，據說公水鹿每隔幾年，鹿角便會自行脫落再長出新的角，而眼前這對鹿角的根部崎嶇完整，證實了並非人工割取下來的鹿茸。老先生年輕時喜歡爬山，這便是某次山神送給他的禮物。我不知道這樣珍貴的禮物是如何讓老先生願意這樣輕易轉手送給了幾面之緣的H，而從未涉足百岳高山的我，卻因此擁有了一對從未見過的水鹿角。

為此我對水鹿產生了好奇，上網搜尋關於這對鹿角的故事，才看見了這臺灣高山上最大型的偶蹄科哺乳類動物，出現在高山湖泊和箭竹林叢中的美麗身影。根據描述，臺灣水鹿曾經因人類獵捕鹿茸的壓力而野生族群量銳減，一度被列為珍貴稀有的物種，牠們的身影常出現在高山湖泊或小水池邊因而得名，以箭竹、高山杜鵑等嫩芽為生，常在夜間到清晨之間出沒活動，是怕熱的夜行性動物。近幾年來高山水鹿的族群量據說已漸趨穩定，對長年出沒在湖畔紮營的登山客也不太怕生，有時還緊跟著人走，為著就是攝取人類排遺中的鹽分。而在演化的過程中，水鹿的天敵幾乎只剩下人類，因此公鹿頭上的那對鹿角主要不是為了要禦敵，而是在同類之間爭取配偶權或地盤時，爭相激鬥的基本配備；鹿角長得越是光潔高壯的公鹿，對於繁衍後代或群體中的地位，也有高偉的象徵之意。

堅毅硬挺、光潔純粹、卓然昂揚，是我對手上這對沉甸甸鹿角的第一印象。我想它的主人勢必也是一頭後腿結實、氣宇非凡的公鹿。雖然鹿角的成分比較接近增生的角質層，斷了之後還會重生，但人類身上沒有角，唯一增生的角質大概就是指甲，古時候中國的貴族女子留長指甲，甚至要戴上指套來保護，以展現威權；從中外文獻的紀錄之中發現，自古以來，人類對於獸角便保有一種崇敬與膜拜，「角」是一種力量的展現，不論是權力、地位或威儀。

2

不知道從什麼時候開始，我也常常為自己戴上這對鹿角。

相較於山野裡將自己完全浸淫其中、脫開一切束縛躍入冷冽野溪中的妳和玩得盡興的女孩們，我完全是來自另一個世界的角色，將自己層層包裹、武裝，像是芙烈達・卡蘿車禍後全身打上動彈不得的石膏，又像是時刻準備裹屍沙場的鎧甲武士，總在工作的時候，當我掏出印著「執行長」的名片，在各大學術研討會場合、公部門會議現場、記者會，或是向準備遊說的企業表達身分時……我在意自己的穿著談吐是否「合宜」得像是一位資深海洋組織的領導者，更總是在對方看著名片之後揚眉抬頭正視我，一句：「執行長妳好年輕喔！而且我沒想到是女生呢。」這種貌似稱讚暗裡卻充滿了歧視意味的寒暄之後，我便微笑著默默戴起那對沉甸甸的鹿角，心中暗自打定主意，接下來的會議中發言絕對犀利不手軟——為此，我總在每次開會前格外努力地準備，有些超過理解能力的學術資料，也想方設法地請教專業者，讓自己在每次會議前都像是出征一樣彈無虛發。因此在年輕一輩團體夥伴間，贏得了「東海岸女戰神」的封號，聽見時我的鹿角總是驕傲地閃著光：機智、鏗鏘有力、柔中帶剛、毫不退讓，必要時和敵人角力廝殺也一無所懼。我以為我該是這樣的，以全身緊繃、高大的鹿角來支撐過於年輕秀氣的臉龐，好撐起一個老組織該有的老靈魂、專業與尊嚴。

我始終沒有忘記，甫接任組織裡的領導者角色那年，臺灣社會剛正經歷著反美麗灣、反國光石化、太陽花學運、反服貿、反核等民間力量興起的社會運動，因為長期對藍綠執政的不信任，整個臺灣政壇權力開始翻攪鬆動，出現了綠黨、社民黨、時代力量等新的政黨代表與素人候選人，連環團代表也紛紛揭竿起義、宣布參選，想要一舉翻轉長期以來的臺灣政壇；彼時藍霸天的花蓮地方政治也想藉機推派一位民選候選人，送進縣議會撐開一些新的可能性。在地環團聚在一起開會推選，女性有保障名額勝算較大，剛回花蓮任職的我也被大家拱著起鬨。一向沒有政治敏感度的我連忙拒絕，然而大家推選我出來的理由並不是因為累積了什麼地方聲譽，某位前輩一句無心的「光憑妳長這樣，就一定可以固好多票了啦！」讓我聽了之後火冒三丈，檯面上是追捧，在我聽起來卻是刺耳，言下之意是我光憑外表就能獲得今日的成就，其他努力都不被看在眼裡？

「是妳想多了啦！」身旁親密的人見我總是如此用力地將自己綑綁收束，活像是代父從軍的花木蘭綁束胸，我從未如此想掩蓋自己的女性特質，卻又不甘心活得不像自己，我總是在扮演著「某老牌組織的執行長」這樣的身分，不能有情緒、不能脆弱、不能感情用事；必須理性客觀、高瞻遠矚，說話鏗鏘有力擲地有聲，必須強悍而勇敢，才足以代表妳的組織；而屬於女性的必須盡量收起，正如過去在災區跑田野調查不可能穿細肩帶民族風一樣，在田野中就是格子襯衫T恤牛仔褲，在船上絕對是長袖運動外套長褲加運動涼鞋，會議時穿上襯衫短靴，記者會一定是組織T恤出場。

我懷疑，陰柔難道不能有力量嗎？或者我們只是慣性地、下意識地要模仿陽剛？很長很長一段時間，我已經快要忘記自己本來的樣子了。幾乎忘記以前的張卉君，機敏有趣、古靈精怪又可以千嬌百媚，眉間有的是英氣而不是皺著眉心事重重的樣子。雖然我總自詡是意志力大過體力的人，但身體總是比心還要誠實，漸漸地開始不堪負荷，頭上的鹿角拿不下來，不再是我需要的時候戴上，久而久之它開始在我的腦袋上生根了，吞噬了溫柔和耐心，過於發光發熱的結果，反而灼傷了身邊的夥伴與親密的朋友，我的溫暖和同理心不見了，二十四小時都戴著角，慢慢長出了刺。

「欸！妳的頭頂氣都出不去耶，頭皮好漲。」我的女神中醫師為我把脈看診，看的不僅是身體的病痛、無法呼吸與難眠，還有我把自己假裝成一頭公鹿的現實。「妳這個吼，根本之道就是就換工作啦。不然……只好我先幫妳頭頂放血。」女神醫知道我的執拗，其實我們都清楚不是工作的問題，性格決定命運，「妳太勞心，很耗神，氣都不見了。」她總是一邊針灸一邊叮囑我，小小的診間一向人滿為患，有時候預約掛號都是半個月以後才有可能排得上，但她對我極好：「沒關係妳就現場來，我加班也幫妳看……這是我們對前線戰士僅能表達的一點點心意了。」我尷尬又感激地笑笑，忍著疼痛。

3

還好總是有人記得，我不戴鹿角時的樣子。

每到夏天，是組織工作量最大的時候，因為從五月端午節過後一直到九月中秋節東北季風下來以前，臺灣東岸的海域相對來說比較平穩，其中又恭逢暑假，一些親海、溯溪的活動總是安排在這段期間，整個工作團隊又要在賞鯨船上帶解說、又要辦理自營的親海活動，人力左右支絀、捉襟見肘。忙到天昏地暗的縫隙，總還是有夥伴偷閒地問著難得的假日要不要也去溪裡走走泡泡水？那個假日市集要不要逛一下順便做活動場勘？解說培訓的結業典禮在船上辦，要不要一起去跳海？

即便知道百分之九十八的機率我會拒絕，但大夥兒還是會願意開口試探幾下，尤其是一年一度的解說培訓，「執行長要上船頒發結業證書吧！」夥伴們連拖帶拉地讓我上船，為的就是難得包船可以跳海。這是過往我們暑期長達兩個月營隊的傳統，花蓮的海域能夠直接下水親海的區域不多，包船出海跳水可以說是最直接的「擁抱太平洋」了，沒跳過海的躍躍欲試，跳過海的則欲罷不能，這簡直就是過去每年夏季燃燒到最旺盛的高潮。

「妳想去嗎？」身旁親近的朋友B問。

「有點想。但是……」我很不好意思承認，在「海洋組織執行長」的鹿角形象之下，其實我並不諳水性。

「妳不敢跳嗎？」B讀出了我的猶豫。

「我又不是沒跳過！」在這個組織裡這麼久，這樣的「傳統」少說也是躬逢其盛過幾次的，但每一次從船舷邊要下水的瞬間，越是踟躕越是恐懼。

「不是說要擁抱大海嗎？」B笑了。

「因為我每次都是被推下去的。」老實說，在船與海之間，當船隻停下來隨著流上下起伏，面對著全世界五大洋中最大的水體，腳下深不見底，我總在自以為做好萬全準備的時刻，猶豫不決。

「所有事物的存在都伴隨著不完美。當我們近距離觀察事物，都能發掘缺陷。每位匠人都知道完美的界線：缺陷會回頭凝望你。」我想起李歐納・科仁（Leonard

Koren）在詮釋日本侘寂（wabi-sabi）美學，提到不完美「非美為美」時的句子，擊中了我——我被缺陷回頭凝望著。

我太想要完美了，戴上鹿角之後。

「其實真的沒有人規定黑潮的執行長要是什麼樣子，妳就當自己的執行長就好了。」不止一次，身旁親近的朋友真誠地告訴我：妳可以做自己，不用那麼辛苦戴著鹿角，妳快把自己壓垮了。然而我卻無法放下對「完美」的執念，我希望事情照著我所規劃的去完成，連跳海也是。因為不會游泳，我甚至無法優雅地下水，每一次都是被推下去的——右手臂內側長長的一條刮痕始終沒有消失，那是我因為在沒有心理準備之下被推下水，掙扎中抓著船梯，用力過度之下白鐵梯在我手臂上留下的戒疤。

對於跳海真正得到樂趣，忘記懼怕，其實是在無數次的練習之後了。

不僅在游泳池、在花蓮海域，在澎湖南方四島、在蘭嶼，一次又一次的機會從不同高度跳下水，我拋下了完美和對不確定的恐懼，不顧一切縱身下跳的霎那間，沉入深深的藍裡，既暖又軟，沒有什麼會傷害我，只要我相信海，它便會在我憋的那口氣吐完之前，順著水團將我推至海平面，呼吸。

海水的浮力比游泳池大，潛下水之後再趁著水流蛙游，甚至可以放鬆地望著天空仰泳，當身體習慣了海的擁抱，便再也忘不了原來廣袤才容得下溫柔——海從來都不是完美的，她有各種樣子，但卻沒有人能夠離得開她；我如果成為我自己，我害怕的是什麼呢？我不停自問。

4

前幾天我做了夢，夢到多年前在雲南浪居時遇到同為旅行者的朋友宋，她是翻譯吉杜・克里希那穆提（Jiddu Krishnamurti）作品的中國譯者。

「我害怕成為沒有用的人。」夢裡面，宋問了我一樣的問題。

「妳有想過，為什麼人一定要有『用』嗎？」宋輕輕地承接著我的回應，我一時語塞。

「『有用』又是對誰而言呢？」宋接著問。

「對世界啊，對在乎的土地和人啊，我想當一個幫得上忙、有用處的人。」我不再閃避回答。

「為什麼一定要為別人而『有用』呢？為自己有用，讓自己過得快樂而充實、平靜，妳不覺得很重要嗎？」宋沒有反駁我，只是輕輕地回問我。

我這才發現其實我從來沒有想過，讓自己快樂、對自己「有用」，是重要的事。從小我便背負著家族的責任，父親是獨子我是長女，家裡沒有男孩子所以我寧願被當成爸爸值得託付的兒子，我想長出足以承擔一切的肩膀，我想要有力量保護家人、保護珍視的價值、保護我所愛的一切；我抗拒柔弱的形象，慶幸自己至少有客家女性吃苦耐勞的血統，甚至不惋惜厚實的手腳顯得粗魯，因為它們能讓我做得更多，只要我多承擔一點，其他人就可以少一點辛苦。

夢裡，宋聽完笑了，摸摸我的頭：「原來妳是戴了鹿角的母鹿啊。」

我怔怔地看著她。

「太辛苦了，妳。」宋輕輕擁抱了我。

不知怎麼地，我流下淚來，在天高地遠的異地，淚水溢流到嘴裡，嚐到的竟是海的苦澀鹹味。

霎那間那對過重的公水鹿角，就這樣自然而然地，脫落了。

長髮

母鹿只是不知道自己是母的而已。

那昂揚向上硬邦邦的鹿角掉下來一刻，我長長地吁了一口氣。摸摸自己的頭頂，什麼東西柔軟下垂，任其滋長？

三十七歲這一年，我蓄起了長髮——自小到大從未做過這件事，無人知曉下這個決定有多困難，浴室裡我看著鏡中的自己，感到微微的緊張和興奮。

1

小時候，我常在房間盯著鏡中的自己，煩惱頭髮怎麼又短又翹，我也想像別的女生一樣有長長細細的頭髮……風吹過就飄起來，好好看。可是我無法忍受彎來翹去的髮尾，不整齊的頭髮叫人心煩意亂，只好委曲求全留短髮，偷偷羨慕著其他長髮飄逸的女孩。

於是拿一條紅色長絲巾綁在額上，放長長的絲巾下來，幻想自己是個長髮女孩，在房間裡跳舞。跳累了，停下來看鏡中綁著紅絲巾的自己，覺得長髮真美，聰明的我總不忘提醒自己輕巧跳過那一秒鐘的失落——我的長髮不是真的。

童年過了以後，我便忘記長髮的夢想，忘記確實輕鬆多了。中學時代，班上一票女孩流行剪男生頭，我將自己喬裝成大剌剌的小男生，要瀟灑帥氣還不容易？這模仿一點不難，直到十七、八歲書包一甩飛車便往西子灣的年紀，更是如魚得水。

「她很帥！」這話成了一種神氣的正字標記。下巴一抬，柔情傲骨，不可一世。

每兩個月我會走進一次理髮店，不染不燙也不做造型，「剪短！」這麼跟理髮師說。「多短？」他會問。「愈短愈好。」我說。一屁股坐在椅子上，任其落下，到底為什麼能這麼爽快剪去多餘的，我從不多想。與理髮師的溝通永遠在長度，他認為剪到這樣就可以了，我卻總覺得不夠短。「妳乾脆理平頭好了……」他說。「也可以！」我大笑。

看著鏡中犀利明快的自己，我很滿意。

大學時，我們相遇，妳及肩的大波浪長髮柔媚生姿，我簡單俐落的短髮英氣勃勃。大四那年我從美國打工渡假歸來，異地未剪的頭髮一不小心留過了肩，「崇鳳就算長頭髮也不像女生……倒像個印第安人。」朋友說。「妳怎麼變成這樣？」妳看著我失笑。不囉嗦，回臺灣三天，就去把頭髮剪了。如眾人所說，崇鳳適合短髮，我深信不疑。

我的母親一生短髮，精明幹練。而我未曾細想自己可以是什麼樣子，不自覺繞著外在價值公轉，這麼轉著轉著，轉過了青少年轉過了青春，毫不懷疑，單人旅行短髮是絕佳的保護色，登山健行尤其方便，我甚少見過哪位女嚮導，溫婉可人長髮及腰。

2

山野場域中，女嚮導一直是稀有動物。大家習慣了，我也習慣了，未曾去探究為什麼。

大學時期登山社唯一的一位女嚮導叫珊，珊很強，自然而然成為眾學弟妹仰慕敬畏的對象。珊疼我，教導我關於山野技能和身體訓練的一切，然而令我印象深刻的，卻是某次她送消夜時短暫交會的目光間，眼底無言的柔情閃爍，稍閃即逝。

我從不多說，珊的柔情是個祕密，她的強卻眾所皆知。

那時社上盛傳這麼一句話：「珊真的很強，比許多男嚮導都厲害。」我偏頭想：「強」是什麼？不自覺向她望去——珊很酷，短髮、褲裝、說話精練無贅字，統籌能力和山野技術沒話說，膽識過人，開了一支又一支高山溯登長程勘查的隊伍……為了讓自己能追上她，我認真效仿，最後深知自己無法成為她那個樣子，直到畢業，我都沒有晉升。

我花了比想像中更長的時間，才明白我可以不用像珊一樣，也不需要像任何其他的學長。漫長的登山社四年，我中性的外型都冀求自己如他們一般強大，然而我卻沒有自覺：無論我外表如何男性化，我都無法強大——因為那不是我。

要識破自己男孩子氣的源頭，並不容易。多年的山野經驗，我始終看不清山裡清晰的女性面容……可愛的女孩多是被照顧的角色；能照顧他者的女嚮導，清一色偏向中性，兩腳打開、雙手插口袋時自有一股氣勢，於是乎，我一直以為女嚮導該是如此。

努力訓練自己，至終卻遺忘與拋棄了自己，偶有怔忡「我在哪裡？」、「我在幹麼？」搖搖頭，繼續催眠自己：應該要這樣、可以像那樣。

一個秋日，在異地的山裡，一陣風來，落葉紛飛，剎那間天地萬紫千紅，仰頭我看見每一片陽光下旋轉的葉子，在落葉飛舞的山裡奔跑，隨後一片片撿起、細看……紅的、黃的、紅黃相間的、黃綠相間的……咦，沒有一片葉子是一樣的！怎麼可能，不是差不多嗎？我趴坐在地上，一片一片端詳，真的，沒有一片葉子一樣。其轉色的部位、漸層的色澤、乾度以及形狀，各有千秋……我就這麼被落葉鼓舞了，如果怎麼樣都可以，如果我是一片葉子，會是什麼顏色？將以什麼姿態落下？

不知道過了多少年，我才能在山上自在作一個女生。甚或是，以女生為榮。不知不覺，我的外型改變了，氣質也是。收起了犀利和強悍，才發現我的柔軟。而我喜歡我的柔軟。

「妳怎麼能這麼細膩地覺察？」偶爾聽聞夥伴如此嘆道。

「是嗎？」我抬頭，眉頭一挑——我也是現在才知道呢。

那一年，朋友阿飛請我帶孩子上雪山。阿飛是個身高超過一百八十公分，外型看來有些「漂撇」的中長髮男子，似乎沒什麼能羈絆他。山裡的第一個夜晚，阿飛在山莊廚房與一位老大哥閒聊，老大哥嘴上溜著許多饒口的山名，穆特勒布巴沙拉雲布秀蘭或素密達……唬得阿飛一愣一愣的，老大哥陡地停下來，問阿飛：「你就是隊伍的嚮導吧？」此時好巧不巧，我一腳踏入廚房，阿飛順勢指向我：「喔不，她才是嚮導！」

我永遠不會忘記那老大哥看我的眼神。

錯愕、懷疑，甚且，帶點睥睨。

他沒說話，我讀到他眼底的問號：「怎麼可能？」相較於阿飛，一百五十七公分的我看來如此平凡矮小，而且毫無氣勢。

嗯，嚮導不能個子嬌小，溫柔細膩嗎？

「我是嚮導。」我笑看著他。

老大哥看看阿飛、又看看我，看來看去沒有個頭緒。

「是啊！就是她，她是嚮導！」阿飛一副理所當然的樣子，搞不懂哪裡出了問題。

老大哥依舊一臉狐疑，他想是不是哪裡弄錯了……

時至今，我依舊記得那老大哥的眼神，不知道為什麼就是忘不掉。那當下五味雜陳，一點荒謬、一點氣憤，或許還有屈辱，然而我很清楚，老大哥不過是一位代表，代表社會大眾看待女性的標準與價值。

自小我們在這樣的環境中成長，不自覺朝那個方向前進。人們從不明說，但一致的想法深埋意識底層，於是乎，大部分的女強人，都長得很像。那讚揚的話是這樣子說的：「……而且，她一點都不輸給男人！」而今我重新思考這奇怪的讚美，只要不輸給男人，足以齊頭並進甚且比男人更出色，必然被欣賞、被肯定——這狀況，在山野間尤其明顯。

我們的世界，竟因此失去其他可能。而那是我、我主動依附並朝單一標準的世界看齊，導致更多人一起失明。於是老大哥的失明，我要負責任。

回頭，把那些不屬於我的都還回去，這讓自己顯得輕省許多，我的女性特質也鮮明起來：敏感的情緒雷達、重細節的周全、高度的同理心、和溫柔綿長之力。這正是多數男性夥伴所需要的，正因此我們一起合作，陰陽合璧，才是自然。

這是一條孤獨坎坷的道路，當人們稱頌仰望女嚮導厲害的同時，我會直視背後那股幽深的空洞……是，我的體力不是最好的、山野技能尚有許多不足之處，然而這無妨那股勁道的開展：堅定、柔韌，如月光照耀大地，我未曾懷疑。為此一次又一次與夥伴攜手引領人們入山，看他們在山野間遇見新的自己，掙扎、碰撞、覺察與蛻變。我多麼著迷於見證野地生活一點一點改變了人，因為我也是，這樣被更新的。

「妳是嚮導？」老大哥睨眼看我，將我從頭到腳掃描一次。

「是，我是。」我抬頭。

大哥你有所不知，我們得一起為共有的新世界鋪路。女嚮導要多，山才會美啊。

3

那是什麼時候開始的呢？我愛我是個女人，愛自己能成為一個女嚮導。我不僅是一個女人，我還是一個女兒、一個妻子、一個媳婦。

自小父親母親嚴格控管我的活動範圍，女孩子家不可以隨便到處亂跑，我背離了他們；婚後與夫婿攜手返鄉耕種，卻三天兩頭就不在家，面對留在客庄守著老家守著田的丈夫，我不免內疚；而不知何時，臺北的婆家成為我的休息站，公公婆婆時常見我背著大背包來去如風，我不及細想他們如何看待這失控的長媳，我不敢想。

時常，我難以自處，我該符合誰的期待？做好哪些本分？守住哪些形象？我習慣負重，卻有一種重量我背不起，自小到大只要順隨底心渴望出走，就可能負上「自私」的罪名，每每背著大背包轉身走出家門一刻，總覺肩頭沉重、無力起飛；總覺自己不是懂事的孩子，卻又無法因此罷手，溫順地待在家裡。

人們讚揚這女子逐夢踏實，光鮮亮麗的幕後，「鳳鳳，跑夠了吧？結婚了就該定下來，別再到處亂跑了。」我的母親這麼苦口婆心與我說，她盼著孫子。

山始終在那裡，什麼也不說。

野地從不訴說道理，只是靜靜存在，任我從其中翻尋奧祕。一顆在松針上忍住不滑落的露珠帶給我希望；一片毫不猶豫墜落的葉子賜給我勇氣；千變萬化的天空要我從深深的井底爬上來；蜘蛛結出浩大精巧的織網告訴我世界的深邃；一隻樹上摔跤又坐起來的猴子逗得我哈哈大笑……野地精彩，我時有語塞，背負著任性、貪玩、自私自利、自以為是的代價來到山裡，要尋找什麼？我是不是一個好女兒、好妻子、好媳婦？我是不是一個好女人？

「好」這個字拆開，正是「女」、「子」，那麼無須辯證，我就是了。但我不想當一個好女人，我不要。這一生，為了要「好」、要「強」，已經犧牲那麼多，只為一個標準形象。然而，我真的知道自己是誰嗎？

我不知道啊！

林間散步時我仰望幾棵玉山圓柏，看祂們的枝幹在風裡起舞，即便糾結，也高聳伸向天際。爬到一根大倒木上呆坐，被這雖死猶榮的中空和偉岸完全折服，只是靜靜在森林裡漫步，就找回信心。一股巨大而古老的安定之力扎進身體裡，似乎再難的人生課題都能在老圓柏的生存智慧中迎刃而解，偶爾，我會在那樣浩瀚的安靜裡，怔怔落下淚來。

接受自己就是這麼纖細善感，我看向圓柏，是祂們認出了這樣的我。山時時刻刻提醒著，無須輕易隨外界起舞。自然界中上萬種生物群相，沒有一種是多餘的、麻煩的、不應該存在的。

所以，只要再一個轉身就好。在背著大背包轉身出家門那一刻，記得，再一個轉身，說謝謝。那些妥協那些無可奈何、那些等待那些提心吊膽、那些碎嘴那些睜一隻眼閉一隻眼……其實也是不停跌跌撞撞地練習著，支持。終究是放手了，我才得以展翅飛翔，成為劉崇鳳。

而我，也終究是放手了，關於「強」、以及「好」，這才悠悠想起幼年的願望，是留一頭長髮。

4

我的頭髮粗且乾、正黑色、自然捲、髮尾分岔，且呈現不規則翹起。

而今我已不會再「糾正」她了，我喜歡她微捲的弧度，不直，也沒關係。留長了以後，才發現洗髮花時間、掉髮要清理、平時要整理……我感覺新鮮，像重新和自己談一場戀愛。

如今每一次洗完頭，都要好好吹頭髮。吹風機成為我的法器，如某種儀式，引領我重新看望鏡中的自己。撫觸著濕潤凌亂的髮絲，一點一點將其吹乾，感覺她一次比一次更長、更順。有一晚，一邊吹髮一邊觀照鏡中長髮的自己時，竟看見小時候的我和現在的我在鏡中結合了。左右有兩個人影緩緩靠近中央，與我的鏡像疊合，拼整出這一個我。眼睛眨一眨，長髮的我明晰而篤定，什麼也沒變，卻什麼也都變了。那瞬間我冷靜出奇，恍若這不過是日常一景。

練習將長髮挽起、練習綁高高的馬尾、練習欣賞不同的自己，重新定義自然美。入睡前，將頭髮完全放下來，甩一甩，蓬鬆而微捲，有時會順手將她挽向一側——這是一個全新的動作，而今我適應良好。

我要把她繼續留長，每一天都超越我所熟悉的自身，然後，告訴鏡中的自己：「妳的頭髮是真的。」

第四部

無限女子山海

有人說如果你只在陸地上，那麼認識的僅是一半的臺灣。如果不曾爬過高山，不會明白島嶼的壯碩；如果不曾潛入深海，無法想像海洋的豐美。山與海如同無限的循環，是構成生命的生態系，也是島嶼子民最珍貴的禮物。

森林是大海的戀人

從事海洋的工作，聽起來浪漫，有時在社群網站上放出海尋鯨的海天一線，或恰好在滿月時分在七星潭看月光海的照片，總是羨煞旁人，直說真是理想的工作。然而極少人明暸，這些美好其實是辛苦工作的動力，看似依山傍海美景當前的背後，是需要處理多少陸地上複雜的行政、議題、人與人之間的溝通、斡旋和各式各樣的發聲、抗爭與會議，才得以成就的。更多時候我們案前伏首，奔波於活動的規劃，與公部門無聊繁瑣的行政程序困鬥，若是低頭不察，常一瞬間天色就昏暗，在辦公室電腦前晨昏終日——剛回到花蓮工作的前三個月，我幾乎沒時間看到海。

直到後來懂得將短跑變成長跑的節奏，為了不過度消耗熱情而慢慢調息工作的腳步，我總會讓自己抽離工作桌前，去到自然裡走走，讓大山大海吸納情緒，這是在花蓮工作的優勢：離山海都近。

記得有一次在工作的討論上卡關，與同事們的爭執一觸即發，情緒激動無法抑制怒氣之際，當時的戀人兼夥伴B趕緊趁午休時間，載我飛馳到七星潭海灣。繞過圓弧狀的海濱，轉入一九三縣道北段的防風林裡，循著木麻黃小徑走入海灘。藉著海風呼嘯夾雜著浪花沖刷卵石的碰撞聲，我在無人的海灘上朝著湛藍大海幾乎失重地大吼，而B只是靜靜地在身後陪伴著，等我將心中壓力傾瀉而出後疲憊感湧上，回頭B已經在木麻黃樹蔭下找了一處沙地，等著我蹣跚而艱難地從情緒灘中跋涉，然後仰躺在林蔭之處累極而眠。

浪聲漸遠，海風在木麻黃的調和之下變得柔和，陽光從葉縫中細細落在我身上，我瞇著眼望著細長的樹影與後面的藍天，木麻黃的針葉栩栩飄落，時間彷彿慢了下來，我只聽見戀人穩定的呼吸與心跳聲。

那是我對防風林最美麗寧靜的片刻記憶。

1

那裡是當地人稱為「黑森林」的德燕濱海植物園，也是一座編號二六一八的防風保安林。曾經因為縣道一九三的拓寬計畫，夾道兩側的木麻黃樹與濱海植物差一點被解編砍除，柔軟的沃土被政客的慾望與黑色柏油虎視眈眈。

妳一定也記得這座黑森林吧？這是每年夏天我們避開七星潭絡繹不絕的遊客和遊覽車，往潭北方向行經一座琳瑯滿目的公墓區之後，靜謐海灘的祕密森林。雖然相隔不過幾公里，卻全然隔開了外來觀光客的干擾和小吃攤的喧嘩，黑森林是在地人才會相遇的默契，而森林入口那條貫穿花蓮全境的一九三縣道，更是花蓮人避開車潮享受山海田野風光的寧靜小徑，他們稱那是「回家的路」。

因此，當縣道一九三要拓寬的消息傳開來之後，想要捍衛這座森林的聲音此起彼落，在花蓮引起了許多當地人的抗議，大約有三年多的時間，我們與在地的環團組織都投入在「反對一九三線道拓寬」、「守護保安林」的議題行動裡，不停地讀著艱澀的環境差異影響評估報告書、開記者會、與在地民意代表對話、溝通當地居民意願、透過各種活動及文宣讓拓寬的消息傳出去等等各種策略，不分晝夜的行動燃燒著我們的精力與熱情，為的就是守下這片完整的保安林，與這條小徑上的居民、動物與故事，以及無可取代的在地情感和集體記憶。

也正因為這個行動，讓我有機會更進一步認識了「保安林」這個生硬的名詞後面，所指涉的溫柔。

為了追索這座森林的身世，論證究竟「先有路還是先有保安林」，我們查閱文史資料和生物調查報告、詢問了多位林業專家學者和主管機關的承辦人員，一層層如偵探一樣抽絲剝繭，迫切地想要找出證據和理由，可以遊說握有決策權的環評委員們同意不犧牲一棵樹、不拓寬道路提高速限造成居民及生物安全威脅，同時又能紓困車流的最佳解方。在那麼嚴肅生硬的課題面前，我們最大的驅動力不過是對這片土地純粹的愛情，便足以支持一群在乎的人，不計代價地為這座森林阻擋在開發的坦克車輪前。

因此，當花蓮林管處的承辦人員邱哥告訴我，所謂的「保安林」就是意指具有保護目的的森林，每一座「保安林」都有它們的使命和功能，是在日治時期經過周延的地質考察及災害預測所制定的。這些「保安林」有些是為了定沙防塵，保護它身後的居民和稻田免受鹽害侵襲、有的是為了保護水源的穩定與清潔讓人們有乾淨的水可以維生、有的是為了保護山腳下的漁港和漁業資源、有的是為了保護城市裡的居民有足夠的綠地調節空氣……這些身負任務的森林因此才有了「保安林」的稱謂，就像是在地居民、生物與環境的守望者一樣，它們昂然而立不能退讓的存在，就是為了「保護」人類與生態平衡而已。

當我聽完邱哥的說明之後，霎那間明白：看似是我們在保護這座森林，事實上近百年來一直是這些保安林在守護著居住在這片土地上的我們啊！而短視近利的人們卻看不見長期以來這些樹木林蔭的溫柔，它們沉默而包容地存在著，照看林間上百種的生物得以安居生存，也無畏地站在海岸線上面向泱泱大洋，在風和日麗時溫柔相映；在颶風翻湧之際，它們也承接著所有的巨浪與暴潮，任暴烈的氣流席捲無數漂流物洶湧上岸，它們只是堅定不移地存在著，即便被摧毀折損吞沒入海中，也沒有絲毫讓步。

根據所讀的資料統計，臺灣每年颱風登陸的路徑，有百分之八十以上是從東部海域上岸的，經過中央山脈的地形破壞結構之後，對西部地區的影響相對較小。所以我們總將中央山脈封為「護國神山」；如果以這樣的概念來看第一線迎戰颶風暴潮的濱海保安林，那麼它們大概就是東部居民的綠色長城，大大減低了氣候對於沿海生態的影響。

常常在颱風來襲之後，我和B會騎著車，小心翼翼繞過七星潭濱海步道上滿目瘡痍的砂石、殘木、漂流垃圾與大石塊，在厚重雲翳覆蓋的灰色天空之下，去探望大浪退去後的森林。近海的爬藤植物抓地力強，但抵不住浪的憤怒也扯斷帶走了不少；木麻黃的根系因為海砂的掏空而外露出來，許多斷臂殘肢散落海灘，可以想像海的強悍與猛暴力道。向海望去，餘波未平的長浪仍推擠著海面上如馬一般奔騰來去的白色泡沫，陰沉的灰藍色是心情的反射，我不禁想起自己曾經狂躁的情緒，同時回頭尋找身後正巡望著樹木折損情況的B——如同保安林一樣寸步不移、承接著我的B。

2

「森林是大海的戀人」這浪漫的敘述，其實源自於三十年前的日本，一群在氣仙沼灣養殖牡蠣的漁夫們，為了讓充滿汙染的大海復原，開始在山上種植落葉性闊葉樹的長期行動。

「為大海種一片森林」，即使山和海看似相隔遙遠，但造林行動的發起人畠山重篤先生卻清楚知道山上森林製造的養分，會隨著雨水、河川流向大海，養育海洋裡的森林，創造海洋生物的健康棲地：所以陸地要好，大海才會好，它們之間的關係就像交相呼應的戀人一樣，共同孕育了海、陸，與海陸交界的豐富動植物。

第一次聽到這個故事時，我就被打動了。最瞭解海洋的漁夫卻在山上種樹，乍聽之下似乎風馬牛不相干，但其實深藏著海陸相連、生態系循環息息相關的大智慧。人們總是切割陸地與海洋，視海洋為領土的終點，卻忘記了大海是通往其他大陸的起點；早期的許多政策更是視海濱為不毛之地，將人類世界廢棄的、無用的、拋除的垃圾掩埋在行水區或海邊，隨著時間掏刷的地層讓廢棄物回到海裡碎裂成粒，卻無法分解無法清除，成為了後代頭痛難解的垃圾問題。

所以說，處理環境的問題，其實是在處理人的問題。而當人們短視得無法想像陸域生活與海洋的關聯，自然就對日常生活的一次性物品使用習慣無感，對海洋汙染漠然，非得要看到一隻海龜的鼻孔插了吸管，一些怵目驚心的動物受害畫面，才多少喚起一些同理的疼痛，願意對環境多一點關切。

有機會在海上解說導覽時，我常常會引導船上的朋友，試著轉換視角，從海上回望陸地。這樣的「回望」多少帶著一種抽離：當身在此山中，自然雲深不知處，但跳脫陸地的侷限，從海上回望這座滋養我們的美麗島嶼，也就能看懂山、河流、森林、溪谷、城市到海濱之間的關聯性，整個生態系循環相連，陸地好，海洋才可能健康——這便是三十多年前日本漁夫領略到的生命智慧。

3

走入黑森林，有一條木棧道，可以舒適地穿梭在林間，直抵一座濱海的涼亭。這段不到兩公里的棧道路隱蔽在防風林間，離海灘高潮線仍有一小段緩衝距離，所以多年來仍未被颱風來襲時的暴浪摧毀，加上主管機關定時維護，是一條非常適合探索森林的人行步道。

冬天，東北季風吹來時，海邊的風颯颯逼人，我們便習慣鑽入這條木棧道散步，一進到木麻黃、黃槿、林投等樹木高低交織的森林之幕裡，便將強風大浪隔絕在幕之外了。森林裡並不寂靜，高高低低的鳥鳴、窸窸窣窣的生物出沒聲、樹葉摩擦的聲音，海的低鳴則是一波波的背景音樂。為了讓更多人認識這座森林的魅力，了解為了一條不必要拓寬的路，可能失去的所有「不可逆」，我們開始試著規劃一些小型活動，包含生態夜觀、森林尋寶、鳥鳴聽聲辨位、搭建臨時的祕密基地等等，透過真正在森林裡的經驗，引導大家思考：如果我們失去了一座森林，真正意味著什麼？

一波波的行動也召喚了更多關心在地議題的教育者，當時在H中學裡一位本身就是藝術家的美術老師和我聯繫，他規劃了一系列「自然茶席」的美學課程，其中一堂前導課，他希望我能夠帶孩子們認識保安林。

對於要帶四十多個活蹦亂跳的高中男孩進到保安林裡去「認識」森林，我構思著該從哪個角度切入。考慮到自然導覽的形式雖能傳達知識，卻較難引導情意，為了照顧到所有人的注意力也需要使用移動式麥克風——我可不想。一直以來我最享受的就是融在這座森林裡的感官經驗，它自有節奏，在這裡我們不需要說話，因為整座森林都在活動，只需要靜下心來聆聽，便能分辨人類語言之外的存在，真正地與森林溝通、產生共鳴——與其傳遞書本上可以查閱到的知識，我更想帶領孩子們感受這座森林的魅力。

我一直記得當天，在森林外面海平臺上等待著遊覽車載著青春躁動的孩子們向我奔來的畫面。他們如同放風的升學囚犯一樣，興奮、昂揚地笑著朝我大喊「老師好！」那是冬季的一個近午，花蓮典型的冬季午後陰雨即將開始，我望了一眼天空中逐漸聚攏的烏雲，估量著雨的時間和可能的雨勢。

孩子們集合完畢之後，我要他們先在海濱平臺上圍圈坐下，他們的頭髮在東北季風的吹拂下如同他們的心一樣狂躁，交頭接耳地無法壓抑興奮感，我要他們感受海風，狂野的、恣意吹拂的東北季風和奔騰的海浪，呼應著此刻這群孩子們的狀態，然後我任他們想像自己是一段漂在海上的木片，不可自抑地在浪與浪之間起伏、碰撞、排列，形成秩序。

接著我們讀詩。

我拿出了洛夫的《漂木》，要他們傳著隨機段落朗誦，我站在圓形的中央，孩子們漸漸收斂了情緒：「沒有任何時刻比現在更為嚴肅」一個高瘦的男孩開始讀，

「落日／在海灘上／未留一句遺言／便與天涯的一株向日葵／雙雙偕亡」他身旁那個戴著帽子上一刻還在嬉笑的男孩接過沉甸甸的詩集，接著讀：「一塊木頭／被潮水沖到岸邊之後才發現一只空瓶子／在一艘遠洋漁船後面張著嘴／唱歌。也許是嘔吐」他遞給下一個發著青春痘的害羞男孩：「瓶子／浮沉浮沉／浮／煙／浮沉沉／浮／天空／沉浮沉／浮／開始漲潮」。詩集就這樣傳遞在孩子們之間，傳唱下去，他們因此有了某種節奏和韻律，漸漸安靜了下來。

天空降下第一滴雨，我將詩集收起來，引導他們兩兩一組，來到了森林的入口，剛剛海邊的風已經消滅：「在你們眼前的這座黑森林，他已經八十歲了，一直守護著身後的居民和田地，我想要讓他說故事給你們聽，去感受他要告訴你們的話，最後我們在亭子裡集合，把你們聽到的用詩記錄下來。」為了更加專注，我拿出事先準備的布條，兩人一組，其中一人遮眼時，另一個人便陪伴、指引，我要他們將視覺調淡，學習信任另一個人，然後張開其他感官，一同走入林中。

如同進行一種儀式，孩子們矇著眼相互攙扶，隔著距離安靜地走在微濕的木棧道上，未矇眼的同伴成為眼睛，指引觸摸經過的樹枝、地上的針葉毯，一步步細緻地聆聽森林裡的各種聲音……雨降下來了，雨勢不大卻足以讓每個人濕潤，細細碎碎的水滴和蒸騰散發的土壤氣味，讓森林的五感展演更豐富了。最後走到目的地的涼亭時，孩子們還意猶未盡。在雨中，我們圍坐在涼亭裡，我點起蠟燭，讓孩子們靜靜寫下剛才聽到、看到、觸摸到、嗅聞到的森林，然後彼此交換文字，共同誦讀成一首屬於他們的詩，經過森林的洗禮，這群孩子已經和剛躍下遊覽車的狀態截然不同，進入了一種沉思和安靜的樣態。

我想，這座八十歲的黑森林一定向他們訴說了許多祕密——關於風、關於海、關於鳥鳴、關於堅持和等待，也關於愛情。

水是山心裡的祕密

那一片防風林，我記得。林子裡的陸岸，會從泥土慢慢轉成沙灘，沙灘連接著海，往往走著走著，我會坐在林外的沙灘上吹風，看海，一迴身，便是成排的山。無論白天黑夜，山的靜定都帶來心安。

而我也記得在山裡眺望海的樣子。三千公尺的海拔之上，朗朗清空下能清晰看見海洋，蔚藍的海岸線和天空相連，每當在那麼高的地方遇見海，「海！海！海耶！」總像孩子一樣興奮。

海邊回望著山，山裡眺望著海。而溪流，是山林與大海的橋梁，如母親一雙溫柔的手，安穩的搖籃會接起漂流的孩子，水自山裡，刷出溪谷，從涓涓細流到泱泱大澤，向下行旅，愈走愈是開闊，毫不遲疑奔向人間，交融出那我們一點都不陌生的，匯流如花的出海口。

我曾被溪流救贖過，在一個暗潮洶湧孤魂也似的臨暗時刻。

1

那個傍晚，思緒混亂，得費很大的力氣不停拉自己回當下，才能打理細瑣的行囊。溯溪鞋帶不帶？早餐吃什麼？鋸子放哪去了？刀、我的刀呢……我東抓一個頭燈、西拎一個水瓶，一邊打包一邊渙散地想到底要不要去溪邊過夜？一整天在家掙扎與拖延，在太陽下山以前，終究是逼自己跨上機車，狼狽地離開了家。

即使出發了，還是渾渾噩噩，不知該怎麼辦，要去向何方？留丈夫一個人在家裡，晚上還要獨自吃飯……心裡糾結，美濃水橋旁停車，蹲在水圳邊撥電話：「我去溪邊過夜……你、你還好嗎？你會不會很無奈？」其實我根本不知道自己這通電話有什麼用，就像我懷疑溪邊露宿有什麼用，走投無路之時，只能把自己流放到山水間。

「沒關係，妳去吧。」丈夫的聲音低沉，卻很平靜，莫名穩定了我。在掛斷電話以後，神智終於清楚了些，驅車往山谷裡騎去，即便黃昏轉瞬即逝。

淺山的溪流不深，將車停放在林子間，穿過一小段芒草路，將拖鞋藏在岸邊的石頭下，換上溯溪鞋，水流漫上腳踝之時，我感到沁涼。中背包負在肩上，潺潺水聲相伴，山谷曲折的走勢收攝我散亂的心神，只是專心走著，向晚時分，蟲鳥齊鳴，水的深度在膝蓋上下起伏波動，走到營地之時，天幾乎要黑了。

不行，我需要火。

戴起頭燈，掏出刀鋸，砍下山壁旁的竹子，爬上山坡上鋸木頭，鋸子的聲音在山谷間響起，我感到明晰的存在感，能自主供應自己所需，而不及細想傳統農村的客庄山谷，一個女人在這裡做什麼？專注地蒐集木柴，拖著一根粗大的枯木幹自山坡走下溪岸，汗水自顏面滑落，感覺自己的呼吸、天地的存有。身體愈是濕黏，我就愈發清醒。

火柴擦出火光，點燃細枝落葉，金色火苗竄起，連忙添柴，看火慢慢長大。火光閃動間，攤開地布與睡墊，為自己鋪張床，抬頭看看天空，星星出來了，今晚就偎在火邊，不搭天幕了吧。

夜裡，我獨自在溪畔的石頭跳上爬下，水聲清明，山谷好安靜。滑入水中游泳，任水流包覆，舒展四肢……依稀看到另一頭有激盪的流水，嘩啦啦啦刷洗著石頭，我划水過去，變成其中一顆石頭，嘩啦啦啦任其刷洗——嘩啦啦啦、嘩啦啦啦，白天的淤塞與疼痛，盡數放水流去。

嘩啦啦啦、嘩啦啦啦，夜裡的水不冷，只要全心收受。我趴在溪水中，將身體的重量交付，層層疊疊的圓石成為按摩床墊，這麼被水沖著、洗著，一陣舒暢，身上有什麼正緩緩剝落、解離？

水是母親。

迴身向岸，床邊有火。

火是父親。

我在父親與母親的懷抱中睡去，清晨醒來，神采奕奕。脫了衣服又去水裡，邊划邊玩，仰漂以及翻滾，聽見自己發出歡快的笑聲，爬上石頭曬太陽，藍天底下感受胸口明顯的起伏……起身，望見水中自己的倒影：高束的髮髻、瘦削的肩、細窄的腰、寬胖的臀，女人的身形，落在水中央。

一個念頭閃進腦海中。被水喚醒的感覺真好。

深呼吸一口氣，我知道我要做什麼了。「請多多指教。」彎腰，向這片溪谷致敬。

水流潺潺，千古不息。

2

一個月後，在當地組織和長者的支持下，我邀請夥伴到美濃，一起開辦「溪女」工作坊。二十個來自島嶼四面八方的女人，來到這傳統客庄農村，匯集在翠谷的山腳下一幢新式樓房中，圍坐成一個圓。都是為了水而來的。

一個三十歲的女生背著吉他而來，一個四十歲的女子騎著機車抵達，一個五十歲的女人預計搭便車而走。

幾個夜晚，我們圍著生命低低絮語，女人的故事很長，如河流一般，有時說著說著，不知怎麼眼淚就流出來，哽咽地吸吸鼻子要吞回去，「流下來吧，沒關係。」另一個女人拍拍她的肩。

那是一種怎樣的理解？無須多說，我們懂得。阻斷的是情感、淤塞的是記憶，砌起硬邦邦的水壩，我們不允許氾濫。

連續幾天，想到就去溪裡、想到就去溪裡。無須引導、沒有目的，一群女人在水邊各做各的。有人在石頭上發呆、有人在溪裡游泳、有人在滑瀑間做SPA、有人爬上巨岩跳舞、有人漂在水中央、有人在岸邊睡著了……一個女人抬著大鍋子前來，鍋裡是熱騰騰的炒河粉，那是自越南嫁過來的新住民媽媽準備的。女人們就聚集到飯鍋旁，溪畔野餐。

僅僅如此，便聽見了喟嘆。我會恍惚，懷疑這裡不是美濃，不是家鄉，而只是電影中哪個不知名的山村。

一個女人沒來吃飯，在溪的另一側，她將自己身上的披肩披在兩個大石之上，在裡頭創造一個空間，穿來鑽去，很開心的樣子。發現她一瞬，我以為她是七歲的小女孩，臉上的笑容不為誰而生，單純為她自己與水、與石頭的互動而綻放，深深地快樂著。

沒人想打擾她。大家不約而同記起昨夜她訴說母親死亡的眼淚。

即便不是高山清澈的溪澗，農村業已水泥化的河流，也能洗去我們的憂傷、撫慰我們的失落。慢慢明白了，在我們為野溪水泥化爭論不休的同時，並未意識到，水泥化的溪流，就是我們自身。

於是有一天，我們攀下一座橫跨整條溪流的攔水壩，扶著高高的水泥立面而行，用身體去經驗經過壩體沖刷下來的水流，其上綠色青苔濕濕滑滑，生命從不放過任何縫隙生長。我們故意的，就是要走這條路，依著壩體過水，與壩體親密無間，從中理解它為什麼會在，人們為何如此選擇？

如我們內建的堤防。

「真的，就是要築這麼高。」一個女人這麼說，臉上帶著理解的微笑。似乎唯有如此，我才能原諒水泥化的自身，看清自己，毫無罣礙地投入溪水的懷抱裡。

3

午後，甦醒時，身側還有女人在睡，揉揉惺忪的眼，手抓著被單一角，望著窗外的天空。烏雲密布，陰沉的天空讓室內跟著昏暗，一種矇朧的心慌感浮現，記起幼年不太喜歡這樣陰暗的光線……忽然一片銀光乍現，閃電！而後出現悶沉的雷聲。

走下樓，大廳上安安靜靜，一個女人在翻書、一個女人坐在藤椅上納涼，還有一個女人乾脆搬了椅子到外面屋簷下，看天。她如貓一般蜷曲在椅子上，看天的神情專注，惹得我也搬了一張椅子出去，一起看天。

一推開門，一股涼爽的風襲來，灰暗的天空似乎不那麼叫人心慌了。

蜻蜓滿天飛舞，山雨欲來。我們坐在那裡仰望，看風、看雲、看深處的閃電如何閃耀烏黑厚重的天空。安安靜靜的午後，又有兩個女人走了出來。一個靠在機車邊側，一個直接躺在水泥地上。

大家都在看天。

「好希望下雨喔。」開始期盼雨的到來。

天空一直閃著白光和打悶雷，還在憋啊？趕快放水下來啊。

等久了，我進門上二樓，才上去不久，就聽見下面傳來興奮而壓抑的喊聲：「崇鳳，下雨了！」

真的？跑下樓的同時，依稀聽見淅淅瀝瀝的雨……可不是嗎？柏油路面被一顆一顆的小黑點沾濕了，細細的雨絲落了下來，像溫柔的白色棉紗。

下雨了、真下雨了！我跑進雨中，開心地轉圈圈。彩色的世界在旋轉中糊成一片，我是我自己穩定的軸心。

一個個女人陸陸續續跑了進來，她們在雨中跳起舞來，渾然不管身體是否會濕透，每個人都享受雨水。

啦啦啦，啦啦啦，我們在，天空落下來的溪流裡飛翔，以及旋轉。

大概是笑聲太鮮明，一旁住家突然拉起了鐵捲門，一位老阿嬤探頭出來，一臉驚愕，下一秒眼睛就笑彎了，眼角的皺紋壓得密密深深，好可愛。

雨水是水，潤濕我們的肌膚；血水是水，周轉在我們的身體裡；眼淚是水，流出了我們的眼睛——我們就是水，就是溪流，就是海洋。

雨水成河，歡笑一片，戲耍一片，我們如此匯聚成海。

4

最後一個晚上，收拾行囊，決定去溪邊過夜。

「想要火。」一個女人說。

又是臨暗時刻，戴起頭燈，四散撿柴，手鋸木頭的聲響在暗夜中明晰地響起，這場景似曾相識……而我不再是一個人，一群人有明晰的意念與方向。

火苗在她手中擦撞出來，翻轉童話，賣火柴的小女孩不再孤苦無依，冬日會遠去，春天還會再來，如同黑夜的存在是為了迎接白日到來。每一個女人拾一根柴薪添入，火壯大了，輝映著彼此的臉。

是夜，圍著火的女人們不知怎麼了，沒有酒卻像醉了一樣，一一脫口而出心裡深處不輕言的故事。像深埋在水底的石頭終於鬆動、又或是存放太久的木頭突然起火燃燒，那些痛苦煎熬的情感或戲劇化的人生遭逢，都在這一夜獲得釋放。

明明是悲慘人生，卻只聽聞女人不停不停大笑，張狂放肆。幽默如海岸成片的鵝卵石，在洶湧的情感大漲潮之後，嘩啦啦啦退去時我聽見石頭與石頭間清靈細碎的聲響，滌洗過去每個倉皇失措的暗夜。

沒有評價，無條件接納，我擁抱我潰堤的水壩。

入睡前，唱一首搖籃曲給火聽，謝謝這片山谷，承載了我們似水的年華與星星般閃爍的祕密。然後一起走到溪畔，面朝閃著月光黑得發亮的溪面，要唱一曲耳熟能詳的兒歌。

一群三十到五十歲的女人，慎重其事站直身體，像回到童年的美聲合唱團。從沒這麼專心唱歌給河流聽過，唱得那麼深情那麼投入，歌聲裡溯源，身體深處傳來陌生的震動，無可抑止，我不知道那是什麼，好像河流為我們唱了這麼久的歌，我們卻從未唱給河流聽過，而現在我們要告訴她，無論她如何變換容顏如何蒼老甚至死去，都不會改變的——「母親像月亮一樣，照耀我家門窗，聖潔多麼慈祥，發出愛的光芒……」

夜半微冷，露水深重沾濕了臉，大量的訊息來到夢裡，迷幻深奧，我睡不好，醒來多次，溪邊散步，直至晨霧降臨。

5

從不知道原來可以這樣做，從不知道這樣做能帶來多少溫潤可親的力量。山與水、水與人、人與土、土與天。

走過許多地方，當年帶著大山大海、森林野地的氣息回到農村生活。歸來初期，時刻懷疑自己身上所帶有的這些東西，在客庄裡有什麼用？

而今一群女人在溪裡盡興地游，在山腳下的房子裡唱歌跳舞，對面的阿婆拄著拐杖站起來張望，放養的山雞翹著屁股大搖大擺走過家門前。

工作坊結束，心裡甜滋滋的好滿足，將自己打扮得漂漂亮亮，拉著丈夫上館子吃飯，哇啦哇啦跟他分享一切。原來不一定要東奔西跑遠登高山才會遭逢原始而美好的發生，淺山小溪也可以，而且更接近人間。我知曉我是誰，歸來是為了什麼。擁抱家鄉的全部，保守與創新都是養分。

我庄還是一樣，自反水庫運動成功後，在地鄉親持續為開發與不開發的爭議，耗心費神溝通至今，溪流在水泥化與環境保護的兩種思考間擺盪，記憶、情感、混雜著經濟與身家性命安危的考量，村民與知識分子的意見水流般沖激著這片翠谷。我尊重這樣的激盪，見證人與自然的相親與相離，並學會把握當今所見溪谷面容的每一刻，去創造、去孕生更多無形的流動，這一刻逝去就不會重來。

山是搖籃，水是搖籃裡的軟布巾，我們是軟布巾上的孩子，用母親給我們的身體和聲音，揮灑出生之榮耀。

「褪去固化的身影
朗讀覺醒的書籍
傾聽內在的聲音
耕耘本質的事情

平穩與安定
並非一成不變的寂靜

碎裂光影的風景
此起彼落的蟬鳴
攀爬石頭的小溪
鳥兒編織的天際

萬千變化的聲音裡
需要的是流動的生命」

那位背著吉他來的女子，回家後為溪流寫下新歌。弦被彈撥，應聲流動，水是這片山谷的祕密。如妳告訴過我的，若森林是海洋的戀人，那麼河流就是森林與海洋的媒人。一路順行而下，滋養萬物，勇於沖激，無畏撞擊，轉彎再轉彎，曲曲折折，最終總會穿出山谷，一望無際的湛藍大海，就在不遠的前方。

每一個孩子，都曾這樣沉睡而甦醒、遠行而回歸吧。

山始終都在，海不曾離開

也許是老套，也許是浪漫。我倆從大學時期便習慣手寫明信片給對方，不論是生活中抑或正在旅途路上，想到對方時，一紙明信片既剛好又不囉唆地承載著敞亮的訊息，貼上郵票投入郵筒，就讓明信片和我們一起在各自的生活中扮演傳遞心念的使者，也一併把對方的字跡、筆墨、心情狀態、所在地和當下的日期與氣候，甚至異地的空氣，都同時風塵僕僕地帶來。我們偏好這種標記想念又不即時打擾的方式，對著明信片寫字，有時像是在傳達訊息給對方，但另一方面也是在和內在的自己溝通，在一趟孤獨的旅程中，我們依舊相互陪伴著彼此。

忘了在哪張明信片上，最喜歡「鐵口直斷」下定論的妳曾赤裸裸地寫下「劉仙姑」

式的斷言：「承認吧，張卉君，其實妳終究還是喜歡山的。」當時收到訊息的我想不明白妳這段沒頭沒腦的話根據何來。在花蓮我鎮日在海上工作，習慣了浪的節奏與海的流動，彼時剛完成一趟繞行臺灣一圈的航行，身上沾滿海味與曬斑，才剛覺得自己是個海女，卻冷不妨被妳直指出我內在鎮守的連綿高山。難道是因為我老是嚷著期待一段穩定而長久的關係，盼望未來的生活寧靜安然，竟讓妳對映出我生命的基底，仍是那個出生於山城裡，被群山擁抱的女孩？

1

我想起那段在山村裡工作的經驗。

研究所畢業後，我透過客委會築夢計畫申請，在美國和香港探訪獨立書店近三個月。忘不了那一年的八月八日，當我越洋打電話和家人報平安之際，在香港的Hostel電視裡傳出莫拉克颱風嚴重的災情，甚至播出土石流埋掉整個村莊的消息，怵目驚心的畫面讓我坐立難安，很快地決定提早結束香港的旅程，在研究所老師鍾秀梅的協助和聯繫之下，前往災區做災後報導及記錄罹難者的口述歷史，那是我畢業後第一份工作：在莫拉克災後僅次於小林村土石流滅村、罹難人數第二高的六龜新開聚落，成了我的田野調查場域。我永遠難忘當時如何越過一座又一座的山，荖濃溪暴漲加上土石流的坍塌，原有的道路早變成爛泥滿布的河床，進到山區裡滿目瘡痍，一座座被洪水沖斷的斷橋殘墩，幾乎切斷了六龜、新開、寶來、不老溫泉區的聯通道路。過去蜿蜒秀麗的河川在暴雨土石流的暴烈之下變成湍急而凶猛的獸，那完全不是妳描述那般撫慰人心的平靜溪水，而是沖斷橋墩基底的洪獸，當時唯有靠著舊時山裡運送農作產品的流籠起到救災的作用，把困在山裡面的人們一一透過滑索救出。

我曾經看過這樣顫慄的畫面，是在九二一地震的災後，我的學校與埔里老家都災情慘重，一想起疼痛依舊，眼前莫拉克風災摧毀的力道又將過去沉睡的記憶喚醒。在自然的災難面前，人微小如蟻，山洪彷彿強力水柱一般沖毀所有建設，災後我屢次進到田野中採訪，腳踏著濕溽的爛泥在傾圮位移的建築物面前，彷若置身樂高墳場——這是山與洪水的力量，我戰戰兢兢地踏好每一步，從未敢輕忽。

相較於美濃，緊挨著山壁與荖濃溪畔發展的六龜寶來地區沒有太多遼闊的景致，和堪稱「富農」的美濃淺山與大片沃田相比，這裡的山多了野性與神祕，多種植樹薯與坡地果樹。六龜災區蹲點報導的經驗，讓我在其後留駐於美濃反水庫運動的重要社區組織「美濃愛鄉協進會」工作了兩年，為此有機會認識了美濃這個客家山村，甚至為了舉辦推廣活動，時時流連在黃蝶翠谷與鄰近社區之間，記錄客家族群因樟腦產業從新竹一帶翻山越嶺遷徙到此地墾居的歷史。我血液裡的客家認同是在美濃山村裡找到的，甚至開始學習客家話、追索身世血源的來龍去脈，在這個風情神似埔里老家的美濃客庄找到身分的歸屬感——而彼時的妳，尚在東岸花蓮過著新移民的生活，偶爾在七星潭海濱紮營徘徊，在夜裡的礫石灘上燃起漂流木，火光與星光、浪聲交相輝映，還未有返鄉的念頭。

2

也許是童年的生活經驗讓我習慣在山野間奔走，加上年輕時期的浪遊人生看見了各種生命形態的可能性，人生的際遇隨著工作的機會總是接踵而至，畢業後幾乎沒有所謂「求職」的階段，一晃過神來就已經投入在工作之中了。也許是一種幸運，我們所從事的「工作」其實都延伸自過去的生命經驗，不知不覺投入其中，便也沒有一般人對「職場」的印象，朝九晚五上下班、打卡領加班費這種職業型態從未出現在我的人生裡；而大學畢業前曾修過的「職涯規劃課」則早已被拋諸九霄雲外。在災區現場採訪、在農村社區田調、以至於後來到花蓮海上工作，被任命為執行長做組織規劃、進行議題研究與倡議、舉辦各種親海活動，對我而言就像是大學社團生活的延續，舉辦營隊、做採訪、執行專案，一點都不陌生，加上對社區歷史文化的好奇以及海洋環境的熱愛叢生的使命感，常使我不分晝夜一頭栽在工作之中，樂於燃燒熱情。

反倒是在一旁看著的家人們，初始時以為我只是因為一時興起短時間投入，到後來看著我欲罷不能、常忙到廢寢忘食的失衡狀況，不禁為我擔心起來。難忘三十歲的那個生日，爸媽來南部探望我，我們甚至還起了爭執——我的生活方式被拿出來檢驗，成為他們的憂慮，我無法反駁因為我微薄的薪資和日夜燃燒的生命，正不成比例地在消耗。在NGO的工作模式不符合他們期待中的未來，不斷地被比較、強烈的質疑和失望數落的話語則讓我無力招架。

即使花了好多時間證明我所選擇的人生和路徑是自己願意承擔的，但世俗價值不斷所加諸在身上的壓力，仍然讓我幾乎無可迴避地回望自己三十歲那一年，始終沒有走出的焦慮感和茫然，對於自己的選擇面對質疑和衝擊的一種失落感，不論在感情、工作、生活上都無以安頓的失根與茫然，像是一個不斷對著空氣揮拳的人，不是沒有用力啊，但就是擊不到重點，如此沮喪。我才知道我們所要面對和抵抗的世界，是多麼的龐大和堅不可摧。長久以來我貌似強悍地抵抗著普世價值對「年輕人」的期待和路指，不斷投注在我所信仰的道路上，投入NGO組織工作、給自己出走的鍛鍊、對非主流逆向思考的練習，讓自己有能力養活自己，沒有放棄過那些熱烈的理想，也未曾違背過自己對世界的信念和期待。

然而上一代苦過的父母們白手起家，他們用生命所印證出來的經濟思考模式，談的是抓在手中最實質的鈔票；那些對生活的另類價值、所謂的理想與勇氣、社會正義、環境意識，對他們而言是虛擲的青春、無意義的抵抗、浪費可生產效能的總和，他們更在乎的是：如果妳真的是人才，為什麼沒有人用更高的薪資（所謂投資報酬率）來聘請妳呢？如果妳有滿腔的理想抱負，為什麼不去考高普考成為公務員？生活的安定、退休之後的福利，難道不應該是年輕時就打拚下來的基礎，老了以後還有力氣奮鬥嗎？

我明白那也許正是這世界大多數人成就的事實，但卻不是我的嚮往，無法任自己進入到資本主義社會的運作邏輯去與人競爭，只求餘生的安穩溫飽，等著每月領巨額退休金，而坐視越來越多的年輕人因為低起薪收入而放棄自己的興趣，只為了符合有車、有房、有家庭的社會樣板生活。

時隔多年，站在人生的另一道分水嶺回頭望，這十多年來年輕生命的掙扎困惑始終沒有放棄我們核心的信仰，我多麼慶幸自己狼狽又堅定地連滾帶爬卻始終在這條路上，時而山邊時而海上，穿梭在山海與人群之間，不為崇高的理想只為腳下這塊滋養我的土地付出有限的生命，回饋大海母親與山林土地帶來的豐美。

3

舞蹈家許芳宜說：「不怕我與世界不一樣。」對於人生的選項我不是沒有猶豫過，謝謝妳在關鍵時刻推了我一把。

還記得當年妳聽到我說，黑潮基金會找我去做正職工作時，電話那頭清楚又肯定地大叫：「去啊！為什麼不？妳那麼喜歡海，這個工作就好像是登山社來問我願不願意把爬山當成工作一樣，以前是花錢參與社團，現在是社團花錢請妳參與，這不是很理想的工作嗎？」我聽完就立刻心動了。

是啊，「黑潮」之於我就像「成大山協」之於妳；我對海洋的迷戀就等同於妳對山的痴狂，那滿滿的都是愛。我想起大學時期登山社的期末好戲就是每年的「幻燈片展」。每到了那個時節，就見妳關在房間裡足不出戶，著了迷似地在幻燈機或電腦前面挑選每一支隊伍的照片，搭配上文字、熱血配樂，隨著節奏和影像將投影片演繹成沒有口白卻高潮迭起的青春微電影，關於一群山的信徒們如何踏過泥濘、克服自身障礙不停朝巔峰負重前行；山屋裡，一群穿著登山社服的青春臉龐舉起登山杖做出各種搞怪又逗趣的姿勢拍照，鏡頭下的笑顏盛放如花，汗水和淚水都那麼真實。

我和室友豆子雖然不曾參與登山社的活動，但每年的期末「幻燈片展」卻一定不會錯過，在學生活動中心會議室裡漆黑的大螢幕上，看著妳和隊友們投射出永不褪色的熱烈青春，純粹又淋漓盡致的暢意，那是友情、愛情、共患難的革命情感所共演的動人情誼，還有許多高山上驚鴻一瞥難以忘懷的寧靜大景，隨著一曲又一曲的樂音引領著情緒，開展一幕幕我未曾想像過的大山視野——總在那樣渲染力十足的節目之中，我帶著滿腔幾乎要掉下淚來的感動回到現實的生活裡，即使我從未親臨每一座你們曾駐足的山巔，那些畫面也成了我夢境裡真實的渴盼。

4

也許造物者總是自有祂的安排。

即便我始終沒有機會真正親近臺灣的大山，卻在二〇二〇年初的一趟尼泊爾之旅，讓我去到了群山圍繞的登山聖地博卡拉，一探聞名世界的喜馬拉雅山脈。凌晨五點，我在尼泊爾當地人的建議之下搭車前往沙朗闊看日出。一片漆黑中我沿著頗為陡峭的樓梯往上爬，清晨六點十五分，月亮仍高掛天際，天空在我緩步上階的身後逐漸提亮；一轉身，安納普爾那南峰和魚尾峰漸漸清晰，連綿不斷的山脈也在太陽升起後輪廓鮮明了起來，雖然還是蒙著一層薄紗霧，但山的雄偉壯闊屹立威武，山腳下的河川、溪谷、耕地和村落，另一端的費瓦湖也一覽無遺——對於一個不爬山的人來說，這可能是我這一生中和喜馬拉雅山脈最靠近的時刻，我拿起手機虛榮地把這一刻記錄下來。

很多人都說，尼泊爾最美的風景在山上，然而當我親眼看見喜馬拉雅山的這一刻，心裡卻想起我的故鄉臺灣，一個只有三萬六千平方公里的小島，卻有著兩百多座三千公尺以上的高山；然而我卻始終沒有為了一探它們的面貌而跋涉犯險過，剎那間我突然湧起一種羞赧，彷彿站在一個目光如炬的舞臺上卻忘了自己的名字。

那個下午我造訪了尼泊爾的「國際山岳博物館」，進到主建築之前，有一個被五色旗幡包圍的紀念塔，上面寫著：獻給那些把生命留在山裡的人們。紀念塔的另一面有一個小小的洞口，裡面放著亡者的照片與花朵，遙祭那些永逝在喜馬拉雅山上的靈魂，願他們在所愛的山裡安息。我想起劉宸君與梁聖岳的故事，想起他們也曾經來到尼泊爾，也許不一定來過博卡拉，他們往藍塘國家公園去攀登時遇難，在距離這裡並不遠的山上，劉宸君與這個世界恆久地分離了。

「除了死亡之外，其餘的都是擦傷。」忘了誰說了這句話。漫步在這座山岳博物館，裡面展示的大多是已逝的靈魂，一些向著偉大浩瀚的自然前進，被吸引的、狂熱的、夢想的追尋者，他們或許曾經幸運地攀登了巔峰，向偉大靠近，也許曾經一瞬間感到幸福或狂喜——這些見識了山的靈魂，有些得以回到人間，卻始終對山念念不忘，而有些則在過程中丟失了性命，永遠躺臥在追尋的道路上。

我望著山岳博物館裡一張張震撼的照片，那些山景和那些黝黑的臉龐，以及在雪地中稜線上行走的隊伍，人在巨大的山頭上顯得如蟻一般的渺小，這個鏡頭的視野，會是造物者眼中的視界嗎？即便不是爬山的人，看見這些照片仍會被吸引得目不轉睛，何況是對山懷有愛意，想要親自到那裡去看看的那些生靈呢？

對於眼前為了追尋巔峰之美而失去生命的死亡，我升起了敬意。

這樣的死亡是美的嗎？因為追尋著某種極致而狂熱的生命，因著迷執著而願不計代價地將自己拋出去，這樣的冒險本身就是一種美，那並不是小心翼翼地守著安全原則、計算著風險與捷徑的人，所能理解的風景。

在山岳博物館裡我想起妳和過往的戀人B，覺得妳／你們真應該一起在這裡。妳／你們都曾登上臺灣的百岳，生命中經歷過高山和大海，對妳而言，眼前的山景會不會和我看到的不一樣呢？在山岳縱走攀爬的過程中，妳又是如何安置孤獨與體力的磨損呢？那往前走去的動力只是因為山嗎？或者是一種對生命不斷探索的顯影？如果是我呢？我會被山岳吸引，而能不計代價地往前走去嗎？我不知道。

他們說，因為山一直在那裡。

不論人事更迭，山永恆地存在著，與地球的板塊作用著，那是人有限生命看不到的變化。

如同海，也是這樣的。

所以有人由下而上往高度探索，爬山；有人由上而下地往深度潛游，下海。兩者追尋的都是平靜安穩之外的視界，那浸潤過山海的靈魂因此令人著迷——曾經我花了許多時間了解海，然而現在，我突然也想要看懂山了。

島的夢行者

大翅鯨躍身擊浪的瞬間，我驚得呆了！那在夢中迴盪千百次的身影而今落海有聲，濺起的浪牆如天一般高，砰砰砰地在我心上開出一朵朵盛大的白花。

遠在四百公尺之外，我看不清牠一對如翅膀般的狹長胸鰭，也看不清牠弓身下潛時背部的肉峰，但完美舉尾下潛之姿，讓我瞪直了雙眼，直到海面恢復平靜仍兀自怔忡不已。

東太平洋遙遠的彼端，加拿大西側的溫哥華島，友人宇約我們到 telegraph cove 搭乘賞鯨船，回航途中我們意外遇見了大翅鯨，會唱歌而遷徙千里的鯨魚。

我按壓著胸口，以防心臟冷不防跳出身外，一個久遠的夢甦醒：關於航海、關於鯨、關於遠洋、以及狹小的船上歲月。

1

那是很年輕時便啟動的願望：到海濱生活。

於是大學只要有長假，我便會騎機車或搭火車到東岸短居，也許賴著朋友不走、也許打工換宿、也許參加營隊，或乾脆拿到友人宿舍的房間鑰匙，趁他放暑假不在，我可以定點長待。

不算太有目標的日子，浪遊的生活其實沒有重心。時常我晃蕩在中央山脈與太平洋之間，想著下一站該去哪？每年暑假都把自己拋擲到東邊，最終還是得回去……有什麼方法，能令自己長久地在海濱生活？得找個身分才行。

那年妳洄游花蓮，成為「黑潮海洋文教基金會」夏日海上解說訓練營的總召集兼策劃人，我甫從中國邊疆旅行半年歸來，沒考慮太久就報名了。

是一個非常美麗的夏天。我和學妹在花蓮租了間二樓的小套房，開始「有目標」地在這濱海的市鎮生活。未曾如此密集地進出港口，每天忙著排船班、出海與記錄，一上岸就迫不及待與同梯學員分享交流海上的經驗。「今天的花紋海豚好活潑！」、「看到抹香鯨了沒？」、「有遇到早上那一群偽虎鯨嗎？」

不管稀鬆平常、大滿貫或槓龜的航次我都愛，只要能出海都好，只要能多認識海一點。

2

印象深刻的一個航班，並非因嶄新的發現或美麗的風景，而是那艘船上，載著我的家人。

記得從租屋的暗巷裡穿出，到知名大飯店去找爸媽，舒暖的空調房裡有柔軟的白色大床。媽說隔天還有高級的早餐，翻著一大堆名產，問我要不要帶一點回去。

妹妹興高采烈比手畫腳說著太魯閣國家公園的壯闊，爸爸一邊應聲：「實在太壯觀了！」我卻沒太多感覺，這些風景已成日常，才明白，對親愛的家人而言，原來所謂的遠方，就是自己生活的地方。

隨口問一句：「你們去七星潭了嗎？」

見他們搖頭，「天啊，來花蓮怎麼可以不去看海？」

「七星潭有海嗎？」弟弟疑惑地問。

領著家人到七星潭，這我們三不五時就會來閒晃的地方。海邊一如以往地人很多，黃昏把雲都放生，漸漸向山靠攏，天空開了一道粉紅色的，媽媽禁不住嘆道：「好舒服。」在恆春工作的爸爸看著海平線：「啊，這裡比墾丁漂亮多了……」我抬起下巴：「哼，這裡可是花蓮！」非常驕傲以及不可一世。

「不下去海邊嗎？」我問。媽媽搖頭：「太遠了，這裡就好。」那瞬間，我突然就回到高中時期合歡尖山的山腳下，她一樣坐在車裡告訴我們：「你們去就好。」我說海邊能聽見石頭滾動海水的聲音喔，弟弟就跟著妹妹走下去了。

這些許久未曾好好看海的家人，站在太平洋前，笑得很好看。

妹妹轉過身，睜大雙眼：「姊，真的有耶，我聽到了！」我順勢把這個夏天學到的東西，通通倒向一雙弟妹——那是空軍基地，經常能聽到戰鬥機起落的聲音；那是定置漁場，是當地漁民特殊的捕魚方式；從這面看過去是中央山脈，再過去是立霧溪峽谷，也就是你們早上走過的太魯閣……瞥見母親走上前來，我對她燦爛一笑：「媽，妳知道嗎？這是太平洋耶，太平洋是全世界最大的海洋喔！」

爸爸撿起灘上的卵石奮力擲向大海，我順勢指向海：「明天我們會在遠方的那片海上，一定要早起啊，不準時的話，海豚就跑走了。」

第一次跟家人出海，我緊張不已。約莫是知曉，爸爸媽媽會搭船賞鯨，想了解他們野生的女兒，比想了解野生鯨豚還要來得更多。

除了我，全家人都怕坐船。

甫到港口的妹妹，看見港邊搖晃的小船，拉著我：「姊，好恐怖。」母親怕海，海的不平穩從來讓她無法安心，她跟我說，要坐在一樓艙內的中間，海豚出來時，她再到前面看即可。

船出港了，我看見弟弟和妹妹左搖右晃地走到船前的甲板，我指引他們坐到船頭，手扶著欄杆，腳可以穿過欄杆放下去喔。

後來，爸爸帶著媽媽出來了，兩老嘗試吹風與看海，嘗試頂著陽光乘著浪。風把父親少少的頭髮吹起。

解說員的聲音在鹹鹹的海風中揚起，飛旋海豚躍出水面一瞬，我清楚地聽見了妹妹的歡呼。她和弟弟坐在船艄看著船舷邊側的海豚悠游，為了看得更清楚，兩人的頭都縮在欄杆間，眼神追隨海豚的身影飄移。陽光很強，海閃閃的，爸媽扶著船身，用大人自制的聲頻驚呼。

遇見一群忙著交配的飛旋海豚，沒有太多時間理人類。但船上的人會記得牠們，弟弟喃喃：「太奇妙了。」

海豚躍起旋轉，啪嗒一聲又落海，爸得意地跟我說：「我看見牠轉三圈！」

「我們觀察的最高紀錄是七圈半。」我說。

「那牠應該有轉七圈半，只是我來不及數。」爸爸更正。

「屁啦！」

回航途中，我指著海岸山脈一角，跟妹妹說那是海洋公園。妹妹點點頭：「嗯，那裡的海豚不自由。」我才驚覺，解說員的話印在妹妹的心裡了。

這便是海洋教育。命運安排得不著痕跡，這就是一種影響、一種擴散。儘管自己屬意的生活模式和家人大相逕庭，但他們願意開車來花蓮，只為理解我所經驗的，並從中得到屬於他們的收穫。那是我第一次意識到親情與夢想接軌的可能性。曾經我懷疑自己的存在於這個家只會帶來麻煩和困擾，無論為山或是為海，總伴隨無數的爭執與責難——我不符父母的期待，不符社會的標準，永遠。

而今我在船公司整理記錄表格，瞥了一眼在外頭等著我吃飯的全家人，覺得這一刻真是無上的幸福。

3

便是在同年夏天認識了宇，同為解說營的成員，他與他的拜把兄弟租下了七星潭畔一九三縣道上的一間破平房，建築系背景的他們到處撿拾漂流木與石頭，計畫將那破房改造成貧窮背包旅舍，接待往來想在花蓮旅行的年輕旅客。我和學妹三不五時就往他們家跑，客廳的地板上畫了一只藍色的鯨魚尾巴，其上是撿來的木箱和一片厚玻璃合成的小桌子。我們一起看衝浪電影、喝啤酒唱歌、交流出海趣事、穿越封鎖線看颱風天的浪……同時把褲帶勒緊，進行貧窮大作戰，海風中他夾起一尾烤魚，說：「十一塊。」換來我的大笑。

那時真窮得數字就是一切，只剩友情無價。

熱血青春走過，失落失戀失意也一樣沒少，黝黑的皮膚沾著鹽巴的短T恤，我實現了想像中海灘女孩的生活，卻無法如願成為標準海上解說員。

解說考試在即，圖書室借閱海洋相關的書籍堆疊如小山，煞有其事安排K書，埋首其間卻只覺我與這些科學圖鑑、地理資料與研究數據格格不入，明明都看過不只一遍，咀嚼背誦半天卻仍生硬艱澀，我無法將書籍上的知識順暢融入即席解說，還未上臺便手汗涔涔。傳統解說訓練對自己形成莫大壓力，我擋不住，還沒上臺就想逃，面對諸多的評量標準我倉皇莫名，慢慢地，海灘女孩日益萎靡，不再活力四射充滿希望，我無力達成這目標，解說評量像煉獄，無限挫敗的最後，只得對自己宣布：我不適合作導覽解說員。

夏天過去了以後又得回到西部，一位老師找我臨時到中山大學作短期的校長祕書，為了令口袋不再空空如也，我開始朝九晚五進出辦公室的人生初體驗。中山大學前有一條隧道是上班的捷徑，隧道口前有兩個長方形綠色的路牌：「登山街」、「哨船街」。我很早就發現它們了，兩塊路牌豎立在「臨海二路」的盡頭，高高的。站在路口看著它們能令我精神百倍。

穿過登山街和哨船街，走進暈黃的隧道裡，殘餘在身體裡的炙熱跑出來。施工偶爾令隧道轟隆隆地煙塵滿布，學生或師長們摀鼻經過，隧道裡的工人們仰躺在兩旁休息，一個年輕人騎著腳踏車，向著遠方的光前行，瞥眼能見衣服被風鼓了起來。

作為校長臨時祕書，窩在冰涼的辦公室裡，我的職責是等待電話鈴聲響起。中午我不買便當，而總是跑出去，再次穿越長長的隧道，到對邊小吃店吃飯。一個人的中餐，偶爾我會用筆在白紙上寫下些什麼、或者漫畫小說作陪、或者發呆。感覺大海的自由與遼闊迴流，混融著辦公室的冰涼，一同在身體裡翻攪著。

我非常，在意這種翻攪。因為還沒整理好的關係，我常常不知所措。走出小吃店，我會駐足在三岔路口，仰望著「登山街」與「哨船街」的路牌，看那幾個字在悶熱的空氣中浮動。

到底要怎麼樣，才能跟自然一起工作呢？

口袋裡有了盤纏，卻更慌茫。每到夜裡，魔魅的空洞感會幽幽向我襲來，回到了少女時期的西子灣畔工作，坐擁青山藍海，卻只覺日子無限蒼白。「再撐一下、再撐一下就過去了。」每天隧道裡看著遠方的光我如此告訴自己。

工作結束那天，我到餐廳為自己點了一份小火鍋，慶祝離開辦公室的冰涼。此後，不再規律打卡上下班，穩定的收入與我無關。

4

那一年生日，我背著大背包、騎著機車抵達臺東都蘭，一邊打工一邊寫字。隔年夏日，聽說他們即將離開那間一九三縣道上的平房，宇要移民去加拿大溫哥華島，他的拜把兄弟則要回雲林種田。我和學妹決定回花蓮接手貧窮背包旅舍的經營，直到房東把房子收回去為止。

我沒再離開花蓮，與男友到壽豐租了間有院落的平房，繼續打工，在務農、手作、料理與書寫的生活間摸索未來。縱谷區抬頭就能見中央山脈，我們開始帶朋友登山，奇萊、合歡、或者雪山……喜歡上這箇樸辛苦卻充實的日子。一個早上接到妳的電話，聽聞妳在美濃往返於六龜災區的工作近況，悲天憫人、正義凜然，突然間我為自己遠離家鄉，感到莫名的惆悵。

一股隱微的內疚感湧現，我輕巧跳過，絕口不提。

若非在花東扎扎實實旅居九年，滿足了海濱生活的願望，我不會起心動念返鄉。似乎是放逐得夠了，回歸原生之地成為必然面對的召喚似的。我和男友結婚，回到高雄老家美濃，把爸爸的地收回來，種稻。

坐在老家大院裡，我重新看山。走上雙溪母樹林的平臺，遠離宏偉的中央山脈，這裡可見玉山山脈尾稜的末端：月光山、人斗山、金字面山、旗尾山……一字排開，其下是棋盤格狀的田園，不同的季節有不同的色彩。沒有海水，只有田水；淺山不高，小溪不淨，卻踏實接地，奇異而深刻的歸屬感無可取代，是過去走遍千山萬水的我未曾體會的。

只得將那千山萬水帶給我的力量，遍撒家鄉。

也因過去東岸新移民的生活經驗，丈夫和我愛戴舒緩的生活節奏，面對客家人苦幹實幹拚命三郎式的工作精神，我們學會在馬不停蹄的執念中放慢腳步，說：今天去獅形頂看日落野餐吧！傍晚去美濃湖畔散步如何？偶爾外出登山、出國遠遊，都至關緊要。無穩定收入、半自給自足的生活方式，竟也在諸多生產和交換間，逐漸成為日常。

猛一回頭，才發現：山與海，教我作夢，遠走高飛；而農村啊，要我回頭，蹲低身子，穩穩落地。

5

這年夏天，我們飛抵加拿大溫哥華島上的農場參訪，不是偶然。

十年後，宇已從改造七星潭畔的一間破平房，到整建小島大農場的家屋與工作室。宇的妻，也是實踐友善耕種的女農。丈夫和宇的妻聊農事，我和宇便聊海。從太平洋東端的溫哥華島，到太平洋極西的臺灣花蓮，橫跨這全世界最大的海洋，穿越時空回到那一年夏天，我們仍念念不忘賞鯨。

「一起去 telegraph cove 看虎鯨如何？」宇說。
「原來你喜歡虎鯨……」我如夢初醒。
「妳不知道？我以前沒說嗎？」宇笑了。
下一秒，我像想起了什麼大祕密似地，起身拍桌：「那裡有沒有大翅鯨？我喜歡大翅鯨！」

從未想過會因農事越渡重洋，重新回到海的懷抱。賞鯨船回航途中真遇見了大翅鯨，巨大的牠朝天躍身穿出了海，鯨背擊浪一刻，我被釘在那裡久久不能動彈。命運太不可思議了，怎麼走到了這麼遠，仍在船上航行，並撞見夢寐以求的鯨魚呢？手貼緊胸口，我告訴自己這是真的，夢想能締造更多現實。

若有一趟航程，船上生活數月，躍身擊浪的鯨魚成為常態風景。如同山裡的日出日落，稀鬆平常……

宇說家中有一艘動力小艇喔，很久沒用了，壞了還得修。「以後一起去航海！」

宇笑得眼睛瞇成一條線，我在他眼中撿拾起一樣的，遺落許久的夢囈。我提醒宇別忘了你還有兒子……「一起上船啊！」他理所當然。丈夫插話了，說他可以在船上種菜，我哈哈大笑：「鹽害很嚴重欸，這要考驗農夫的功力了。」

多像妳我年輕時，攤開臺灣地圖指著花東說：「去，海洋！」豪氣萬千。

年歲似乎無法阻擋我們對世界無止境探索的熱切，也不因冒險元素中有死亡的存在就終止生之妄想。如山從不拒絕任何入山者，生命的臨界線各人自知，我攀登、我渴盼、我摔跤、我求生，在一次次難關中闖出自己的一片天。那闖的不是山，是生命，生命的丘壑、生命的汪洋，這一世人的功課。

每當飄飛至某不知名的遙遠太空，我會低頭看望土地，村莊與田牢牢繫著我，落地沒有遺憾。

那麼便記得妳山行的夢，也記得我航海的夢吧。作島的夢行者，天知道以後。

後記

平凡如是

劉崇鳳

我們其實是平凡的兩個女生。而我喜歡我們的平凡。

比如大學時，兩個人在火車站地下道大包小包發了狂地奔跑，我兩階併作一階地終於奔上月臺，在火車開動前一秒鐘「熟練地」跳上最近的車廂，忽然驚覺手上還拎著機車的安全帽，想都沒想就把安全帽丟給月臺上等晚十分鐘車班的張卉君，「交給妳了！」隨後我便隨火車揚長而去，依稀能聽見她在月臺上的怒吼。

比如東海岸旅行時，卉君把機車鑰匙鎖在車箱裡拿不出來，兩個人在海邊暴跳如雷，東敲西打就是打不開車箱，結果她異想天開請我用蠻力硬是把車箱蓋拉起來，趁那一點縫隙打開時不管三七二十一把手臂伸進去，迅速在裡頭摸出了鑰匙，兩人又在海邊歡欣鼓舞、得意洋洋，彷彿天塌下來也難不倒我們。

但我其實沒資格說她，曾將放有手機錢包鑰匙的霹靂包遺忘在某個風景區，待騎車三十公里來回搜尋時已一片空茫……入夜了，我還坐在海邊的涼亭失魂落魄，「什麼都沒了，還走下去嗎？」卉君問，她憂慮我的失神，建議打道回府較妥當……什麼啊？走啊！只要人在、車也在，我們就有走下去的理由。

一邊是山、一邊是海，用憨膽與傻氣在台十一線上蜿蜒，「天下無雙」的封號因此不脛而走。此後，儘管分道揚鑣，各自行走江湖，這不時發生的失誤和慣用的伎倆仍經常出現在我們身上。

有時想起，仍會噗哧。那令我們平實可親，而不是誰眼中的特別。

十五年後某天，卉君約我重返東海岸旅行。「我們已不是當年的我們了，我、要、開、車！」她信誓旦旦。那個營地很美，前方是湛藍的海，身後是青青山巒。清晨，吃早餐以前，聽卉君指著遠處的定置漁網嘰哩咕嚕碎念著，關於洋流、潮汐、漁法及法令……「現在，我終於看懂一點海了，能看懂海的感覺，真好。」她說。

那一字「懂」，背後是多少青春年華。

我有些怔忡，這麼多年過去，只會海泳或浮潛，其他依然一知半解。我還是只會看海，說，海很美。無知此時是一種脆弱，身為一個島的子民，海只是背景。

她覺察我的悵然，背轉過身，「欸，那妳看山有什麼感覺？」卉君問。

「嗯，我知道山裡面的樣子。」不知為何，看著山就是踏實，那裡面有太多的故事，山裡的氣味、溫度、植被以及水流……

「對啊，因為妳看懂山了！」卉君說。

我轉頭看她，忽然覺得生命無限奧妙。我有一個航海夢，最終是她繞島而行；她如此鍾情於山，卻是我沒入了山林。

我們不過是，依循內心渴望走向自然的兩個女生。山山海海間，用生命各自畫出一個半圓，雖不是照著劇本走，山海交疊，竟也繪出一座我們的島。

每一次，寫完寄出，便殷殷盼著對方的讀後感，有時心急打電話：「妳讀了沒、讀了沒啦？吼，說啊，妳覺得怎樣？」對方的回應或回文推動著自己，我感受到以往獨自寫作未曾經驗的力量。

如海浪與陸地一般，相互推擠、翻攪、陪伴以及成長，從不知道共同寫作這麼迷人，從不知道這條孤獨的道路可能有人作伴，而且，這麼好玩。

那其實並非好玩，好幾回我艱難地在電腦前一格一格慢慢爬，覺得自己走得前所未有的慢，明明寫熟悉的山，卻思來想去吐不出一句像樣的話。有時我感到世界無盡荒涼，寫作困頓，我伏案乾坐，一點一點艱難地吐出一小段、一小段。費盡九牛二虎之力把它完成，換來卉君一句簡短乾脆的「好看啊！」結束。

每一次宣布交稿我感受到的卻竟非虛脫，而是充電。有些篇章明明寫得耗時費力，一氣呵成變成遙不可及的夢，卻總在完稿之時，感到莫名的滿足快樂。隨後兩人繼續討論接下去要寫什麼，這一來一往無形間形成一個環狀電路，那接招、出招、再接招的滋味，難以言述。

原來能夠交會、堆疊、齊手聯發是這麼痛快的事。

於是我深愛寫作，儘管它必須經歷那麼多蒼白焦慮的日子，依舊甘之如飴。而孤寂成為必然的推進器，於此我們能相互照應，那些生命中各自掙扎辛苦的暗夜，因有對話而不孤單。

還有薛——另一位為此書繪圖，我們未曾謀面的女生。彷彿隱身幕後的天使，她的畫筆是詩，僅依憑我們的文字，揮出一幅又一幅慧黠靈動的想像。再經由美編阿德設計排版，如為作品覆上一條輕柔的手織魔毯，不可思議。

而稍早，編輯室裡的卉君滔滔不絕於敘述臺灣海洋與山林的現況，郝明義先生耐心聆聽，聽到一半冷不防拋出問題：「情感，妳們的情感呢？」、「要寫下愛啊！」郝先生說完，轉著輪椅出去。我呆愣兩秒，看向完全傻住的卉君，哈哈大笑。

無論臺灣的山與海是多麼精彩多麼需要關注，無論我們是多麼鏗鏘有力義憤填膺地敘說著什麼，別忘了誠實交付自己，情愛也需要正義，那令我們顯得真實，而且可愛。

環顧一室，兩位女性作者，是三位男性編輯的推動與支持，才誕生這本捧在你們手裡的書。不時被提醒著：「記得多放一些女性思考。」、「總覺得這才是真正的光亮所在……」我不得不被撼動，暗自慶賀此書不全由純女性操作，它是兩性合作的結晶，而有了更完整的力道。

我愛山，也愛海，我愛我們是女生，而我們能書寫。

我愛我們的平凡愚痴、丟三落四，年近四十還像二十歲少女一樣天真熱情，一邊探尋宇宙與環境的真理，一邊掃地拖地倒垃圾，穿越重重人生桎梏，仍對未來懷抱理想。

只因海恆常翻覆，而山永遠都在。

mark 164

女子山海

作者 張卉君、劉崇鳳 | 插畫 薛慧瑩 | 設計 陳文德 | 主編 CHIENWEI WANG | 校對 簡淑媛 | 總編輯 湯皓全 | 出版者 英屬蓋曼群島商網路與書股份有限公司臺灣分公司 | 發行 大塊文化出版股份有限公司 | 105022臺北市南京東路四段25號11樓 | www.locuspublishing.com | 讀者服務專線 0800-006689 | TEL (02) 87123898 FAX (02) 87123897 | 郵撥帳號 18955675 | 戶名 大塊文化出版股份有限公司 | E-MAIL locus@locuspublishing.com | 法律顧問 董安丹律師、顧慕堯律師 | 總經銷 大和書報圖書股份有限公司 | 地址 新北市新莊區五工五路2號 | TEL (02) 89902588（代表號） FAX (02) 22901658 | 製版 瑞豐實業股份有限公司 | 初版一刷2020年12月 | 初版四刷2022年3月

定價 新臺幣420元
ISBN 978-986-5549-17-6

國家圖書館預行編目資料

女子山海 / 作者張卉君、劉崇鳳 著.
-- 初版. -- 臺北市 : 大塊文化, 2020.12
328面 ; 14.8×21公分. -- (mark ; 164)
ISBN 978-986-5549-17-6(平裝)

1.自然 2.臺灣

863.55 109015356